DU MÊME AUTEUR

Suite des œuvres de Patrick Besson en fin de volume

SARKOZY À SAINTE-HÉLÈNE

PATRICK BESSON

SARKOZY
À SAINTE-HÉLÈNE

nouvelles

GALLIMARD

à Marc Dolisi

LES FLEURS DU MANS

Quand elle demanda à Yvon Robert, son amant sénateur démocrate-chrétien, de la faire entrer à la télévision, il dit :

— La quoi ?

À l'époque, il n'y avait que deux cent mille récepteurs. Le nombre avait doublé en un an, mais il était encore inférieur à celui des bistrots qui, chaque matin, ouvraient leurs portes aux travailleurs français avant qu'ils ne gagnent leur bureau, leur atelier ou leur chaîne. Ils buvaient un petit rosé, un petit blanc ou un petit rouge. Yvon disait que les couleurs du drapeau national ne devraient pas être bleu-blanc-rouge mais rosé-blanc-rouge. Ça amusait Solange, lui faisait oublier leur différence d'âge : quarante ans. Elle était née en 1930 à Toulon et lui en 1890 à Strasbourg. Pour elle, leur différence de signe astrologique était plus grave : elle était Lion et lui Scorpion. Elle avait consulté plusieurs voyantes, et même le mage Rezvani : ça ne pourrait jamais marcher entre eux.

— Tu ne préfères pas un bistrot ? demanda Yvon, lors

de cette conversation qui allait se révéler si importante pour l'avenir de la jeune femme.

— La télévision, dit-elle, c'est moins salissant.

— Qu'est-ce que c'est, au juste ?

— Achète-m'en une et tu pourras la regarder chez moi.

— Il faut toujours t'acheter quelque chose.

— C'est mon sentiment d'insécurité.

— Tu es beaucoup plus jeune que moi. Le sentiment d'insécurité, je me le réserve.

— Tu veux que je t'achète quelque chose ?

— Avec quel argent ?

— Le tien.

L'appareil fit son apparition dans le petit logement de Saint-Germain-des-Prés que le sénateur louait pour la Toulonnaise depuis qu'elle lui avait dit qu'elle l'aimerait au moins jusqu'en 56, date à laquelle elle se réservait le droit de le quitter pour un homme plus jeune et non marié avec qui elle se marierait et ferait des enfants. Car, comme le lui avait dit Yvon à l'hôtel Atala (10 rue Chateaubriand, tél. : BAL 01 02) après leur premier après-midi d'amour :

— Un sénateur démocrate-chrétien ne divorce pas.

Ils avaient ensuite dîné à La Truite (30 rue du Faubourg Saint-Honoré, tél. : ANJ 12 86) d'une poularde à la ficelle pour elle et d'un caneton rouennais pour lui, les deux spécialités de la maison. C'était la première fois que Solange dînait dans un restaurant gastronomique. À Toulon, un amant quartier-maître lui avait promis de l'emmener à La Calanque, célèbre pour sa daurade au fenouil et sa langouste grillée, mais il était décédé à la suite d'une rixe sur le port avec des Nord-Africains. C'était même la raison pour laquelle Solange avait quitté Toulon pour Paris.

— C'est donc ça, une télévision, dit Yvon.

— Oui, mon chéri.

Ils s'assirent devant l'écran. On était le 4 janvier et un homme politique en costume gris parlait de l'Algérie, sujet angoissant pour Solange, à cause du quartier-maître. Elle proposa d'éteindre le poste mais Yvon refusa :

— Il m'a coûté assez cher.

Il grognait en écoutant le ministre qui promettait de résoudre le problème algérien en quelques semaines. L'Algérie, c'était la France, un point c'était tout. Solange n'avait jamais entendu Yvon grogner de cette manière : un vieux chien méchant prêt à mordre sa jeune maîtresse.

— Quel con ce Mitterrand, conclut-il.

Inquiète, elle proposa d'aller dîner dans le quartier : elle avait envie de goûter la terrine de foies de volaille et la pochouse bourguignonne de La Chope Danton (4 carrefour de l'Odéon, tél. : DAN 67 76), mais le sénateur restait comme scotché devant l'écran et il demeura ainsi pendant six mois au cours desquels il suivit de nombreuses émissions : « Lectures pour tous », « Écouter, voir », le festival de Cannes, le voyage de Baudouin au Congo, le reportage de Pierre Tchernia au fond de la mine, « 36 chandelles », *Le Voyageur sans bagage* de Jean Anouilh (réalisation de Jean Vernier), « La joie de vivre », *Un voyageur* de Maurice Druon (réalisation de Lazare Iglésis). Solange était inquiète : ils ne faisaient plus l'amour, ne sortaient plus dîner. Elle conseilla à Yvon d'acheter son propre poste et de le regarder chez lui avec sa femme.

— Elle n'en veut pas chez elle, expliqua-t-il. Elle dit que c'est l'instrument du démon. Elle est plus chrétienne que démocrate.

À l'approche du mois de juin, Yvon devint nerveux : il avait deux places pour les Vingt-Quatre Heures du Mans, mais la presse avait annoncé que, pour la deuxième fois, la fameuse course automobile d'endurance serait retransmise à la télévision. Entre-temps, Solange était devenue speakerine. Elle avait sympathisé avec Catherine Langeais, qui occupait cette fonction depuis quatre ans. Elles parlaient de François Mitterrand et d'Yvon Robert.

— François ne regarde jamais la télévision, disait Catherine.

— Tu as de la chance, répliquait Solange. Yvon ne fait plus que ça.

Jacqueline Joubert et Arlette Accart, les deux autres speakerines, se mêlaient à la conversation. Toutes enviaient Solange, à qui Yvon avait promis de l'emmener aux Vingt-Quatre Heures. Les pilotes n'étaient-ils pas les hommes les plus excitants au monde ? Lance Macklin dans son Austin-Healey, Mike Hawthorn et sa Jaguar, et surtout Fangio avec sa Mercedes. Elles se demandaient ce qui les excitait le plus : l'homme ou sa mécanique ?

Yvon était en train de regarder *L'assassin a pris le*

métro, une dramatique policière dans laquelle jouait le jeune Jean-Louis Trintignant, quand Solange se leva et dit qu'elle allait faire une petite promenade dans le quartier.

— Chut, dit Yvon.

La jeune femme se retrouva devant les Deux Magots où un jeune homme en costume lui fit un signe de la main. Elle lui demanda s'ils se connaissaient et il dit que tout le monde la connaissait. Elle dit que tout le monde n'avait pas la télévision et il dit que ça n'allait pas tarder : lui-même, après ses études à l'Idhec, envisageait d'y entrer. Le grand écran, expliqua-t-il, ne tiendrait pas le coup devant le petit. Pourquoi les Français de 1960 – et à plus forte raison ceux de l'an 2000 – iraient-ils au cinéma alors qu'ils en auraient un chez eux ?

— L'écran de télé est trop petit, dit Solange.

— On l'agrandira.

— Il n'y a pas la couleur.

— Il y en aura.

— Vous avez la télévision chez vous ?

— Oui.

— Alors je n'irai pas.

— Allons dans un hôtel.

— Si c'est un hôtel sans télévision.

— Il n'y a pas de télévision dans les chambres d'hôtel mais il y en aura un jour.

— Ça dure combien de temps une dramatique policière ?

— Une heure trente.

— J'ai une heure.

— Vous êtes mariée?

— Non : j'ai un vieil amant.

— Excitant.

— Je disais pourtant ça pour vous dégoûter.

Ils rirent et entrèrent aux Saints-Pères (65 rue des Saints-Pères, tél. : LIT 44 45) où, en trente-cinq minutes, Solange eut le premier orgasme de sa vie. Elle se dit que 65 serait son nombre fétiche. Quand ils sortirent de l'établissement, le jeune homme lui dit :

— Tu ne me demandes pas mon prénom?

— Non.

— Tu seras aux Vingt-Quatre Heures du Mans?

— Oui : avec mon vieil amant.

— Moi, j'y serai avec ma mère. On les présentera.

— Tu vas aux Vingt-Quatre Heures du Mans avec ta mère?

— Je ne t'ai pas dit : je suis homosexuel, mais ce soir j'ai voulu faire une exception.

— Et alors?

— Tu as vu : je n'ai pas joui.

— Moi, si.

— J'ai entendu.

Ils se séparèrent sur ces paroles à la fois complices et froides, dans lesquelles Solange ne distinguait aucune possibilité d'avenir. Le vendredi 10 juin 1965, Yvon Robert lui dit de s'asseoir. Ils se trouvaient comme d'habitude dans le petit logement de Saint-Germain-des-Prés dont Solange commençait à avoir soupé : elle avait envie d'un grand appartement sur la Plaine-Monceau. Celui du réalisateur qu'elle avait revu : il avait bien une mère mais il n'était pas homosexuel. C'était juste un mauvais esprit. Elle avait eu un orgasme à chaque fois. Hier, c'était le vingt-septième. À soixante-cinq, elle le demanderait en mariage. Elle était sûre qu'il accepterait.

— Demain, dit Yvon avec cet air bougon de téléspectateur qui désormais ne le quittait plus, je préfère regarder la course à la télé.

— Mais les places ?

— Je te les laisse : vas-y avec une copine. Je veux trop voir ce que donne la course sur le petit écran.

— Ça t'embête si c'est un copain ?

— Un copain ou un petit copain ?

— Un grand copain.

Le jeune réalisateur mesurait en effet 1,92 mètre. Le lendemain, elle et lui s'installèrent à 15 h 30 dans les tribunes du Mans, juste derrière le Garage bleu. Solange avait acheté des frites. À 18 h 35, la Mercedes pilotée par Pierre Levegh explosa et fut projetée dans le public. Le train avant et les roues fauchèrent les téléspectateurs. Jusqu'à sa mort à l'automne 1978, à l'âge de quatre-vingt-huit ans, Yvon se demanda s'il avait vraiment vu à l'écran le visage épouvanté de la jeune femme au moment où la Mercedes en feu s'écrasait sur les spectateurs. Elle figurait, en effet, parmi les quatre-vingt-cinq victimes. Le sénateur ne regarda plus la télévision de sa vie et personne, dans son entourage, ne sut jamais pourquoi.

Chaque année – sauf en 1976, où il fut opéré sans succès de son cancer de la prostate –, il apporta un bouquet de roses rouges dans les tribunes du Mans à l'endroit où il avait cru voir mourir cette jeune Toulonnaise blonde qu'il avait oublié d'aimer et qu'il ne pouvait pas oublier.

Le jeune réalisateur fut épargné par miracle : c'est lui qui, octogénaire, m'a raconté cette histoire, en 2014, aux Vingt-Quatre Heures du Mans. Puis j'ai mené ma petite enquête.

LA DERNIÈRE TENTATION
DE NIMIER

— Je crois que je suis trop saoul pour conduire, dit Roger Nimier devant l'Aston Martin.

— Mais non, fit Sunsiaré de Larcône, jeune romancière de chez Gallimard.

Elle était blonde, elle était belle, elle était bête. Elle était la mort.

— Mais si, dit Nimier. En plus, ça m'étonnerait que je supporte votre conversation tout le long du trajet. N'oubliez pas que nous venons de passer la journée ensemble.

— Vous n'êtes pas gentil, Roger. Je me plaindrai à Gaston.

— Ça lui rappellera Céline. Je ne suis pas sûr qu'il aime. Taxi !

De retour chez lui, Nimier se déshabilla, mit un pyjama et se coucha. Il réclama un bouillon de légumes et *Les Trois Mousquetaires* en édition de poche, c'était meilleur que *Les Trois Mousquetaires* en édition normale. Il lut jusqu'à deux heures du matin. Sa femme dormait à côté de lui. L'ennui, quand on est avec une femme très bien, c'est que la tromper devient une corvée. On perd une des grandes joies de la vie.

Le lendemain, il retrouva l'Aston Martin devant chez Gallimard. Il décida de la vendre et d'acheter une 404. Une heure plus tard, il optait pour une Dauphine. Mais, en fin d'après-midi, c'est à bord d'une 4 CV qu'il rentrait chez lui. Sa femme Nadine s'étonna de le voir si tôt à la maison. D'habitude, il traînait toujours au bureau, ou dans les cocktails, ou chez ses copains.

— Tu n'es pas malade, au moins ?

— Non.

— Je te sers un scotch ?

— Non.

— Si, tu es malade.

— On prépare un gâteau pour les enfants ?

— Quel gâteau ?

— Une tarte à l'orange. À propos, j'ai vendu l'Aston Martin et j'ai acheté une 4 CV. Ça nous fera des économies d'essence.

— Roger, tu as bu.

— Non, c'est le contraire : j'ai arrêté de boire.

Il entra dans la cuisine et commença à préparer une pâte brisée. Nadine badigeonna le fond d'une tourtière avec du beurre. Roger abaissa la pâte. Avec un pinceau, Nadine mit dessus de la marmelade d'abricots. Roger rangea les fines tranches d'orange superposées, coupées en travers. Nadine tartina encore de la confiture, puis les Nimier mirent la tourtière au four.

Gaston Gallimard s'étonna quand, le jour suivant, Roger Nimier lui apporta sa lettre de démission.

— J'en ai assez de lire de mauvais manuscrits, expliqua l'écrivain.

— J'ignorais que vous les lisiez.

— Céline est mort et Simenon aux Presses de la Cité. Ça ne vaut plus la peine que Gallimard édite des livres.

— Si : les vôtres. Pour ça, bien sûr, il faudrait que vous en écriviez.

— Justement, c'est mon idée.

— Parfait. Je vous laisse votre salaire mais, à la place de ne rien faire, vous ferez des livres.

— Vous y gagnez, Gaston.

— Gaston gagne toujours, dit l'éditeur en souriant. C'est comme le casino. Maintenant, laissez-moi, j'ai rendez-vous avec Sartre. Il va encore me demander de l'argent. Il est comme Céline. Ces Gémeaux, je ne sais pas ce qu'ils foutent de leur blé. Ils ne mangent rien, ils s'habillent comme des clodos, ils n'ont pas de voiture et ils n'ont jamais un rond.

Dans le bureau de la secrétaire, il y avait Sartre, avec ses grosses lunettes et son air d'enfant qui s'ennuie. Ses chaussures avaient dû avoir une couleur avant la guerre de Corée. Marron, sans doute. Le col de sa chemise était blanc. Le problème, c'était que la chemise était bleue. Nimier se dit que, bientôt, il ressemblerait à ça et se demanda s'il avait pris la bonne décision. C'était un peu comme pour la 4 CV. Il avait eu mal aux jambes toute la matinée.

— Comment fait-on pour entrer au PC ? demanda-t-il à Sartre.

— Vous voulez entrer au PC, Nimier ?

— Oui. Maintenant que je vais vivre de ma plume, il vaut mieux que je sois de gauche.

— Ce n'est pas difficile d'entrer au PC. Ce qui est difficile, c'est d'en sortir.

— Alors, qu'est-ce que je fais?

— Soyez un humaniste apolitique, c'est là que vous aurez le moins d'ennuis et le plus de profit.

— Merci pour le conseil, Jean-Paul.

— Bah! de rien. Il est luné comment ce matin, Gaston? Il me faut dix patates.

— Prenez-le par les sentiments.

— Il n'en a pas.

— Justement, ça le flattera.

De 1962 à 1999, Roger Nimier écrivit une trentaine de livres dont sa célèbre tétralogie *Le Partage des cœurs*, que plusieurs grands critiques littéraires de l'époque placèrent au niveau d'*À la recherche du temps perdu*.

Il obtint le prix Goncourt avec *L'Homme pauvre* en 1972 par six voix contre quatre pour Jean Carrière et son *Épervier de Maheux* (Pauvert). Il entra au jury Interallié en 1979. Il participa aussi à la fondation, avec l'éditeur Jean-Claude Fasquelle et l'écrivain Bernard Frank, du prix Jean Freustié, au milieu des années 80.

Fut-ce parce qu'un important critique scandinave avait naguère comparé, à la grande surprise de l'écrivain, *Le Partage des cœurs* aux *Thibault* de Roger Martin du Gard que l'Académie suédoise accorda le prix Nobel de littérature à Roger Nimier en 1995, le grand favori de cette année-là étant l'écrivain irlandais Seamus Heaney? Dans son discours de remerciement, Nimier conseillait

aux jeunes écrivains moins de frivolité, moins d'inso-
lence, moins de cynisme et, pour les Parisiens, moins de
parisianisme.

Il fallait, dit-il, comprendre l'homme, célébrer la femme
et aimer le monde, car ils étaient beaux.

Nimier mourut d'un arrêt du cœur sur l'île de Ré
en août 1999, entouré de sa femme, de ses enfants,
de ses petits-enfants et de ses meilleurs amis. La veille,
ils avaient fait un barbecue géant dans le jardin de la
villa. Il n'avait pas touché une goutte d'alcool depuis
1962. Il roulait en Renault Espace (il était resté fidèle
à Renault). La presse unanime salua en lui un écrivain
humain, mesuré et familial, avec par surcroît un vrai
sens de l'humour.

Il se réveilla et, tournant la tête vers Sunsiaré de
Larcône à qui il avait cédé le volant de l'Aston Martin,
dit :

— Accélère.

LA CONFESSION
DES SENTIMENTS

— Je suis un modeste employé de banque et je fais toujours le même rêve : je braque ma banque, dit le patient.

— C'est par là que nous avons commencé il y a six mois, monsieur Bergamotte. Nous n'avançons guère.

Yves Bergamotte se tourna vers son psy, qui clappa de la langue et dit :

— Je vous ai déjà demandé de ne pas me regarder pendant les séances.

— Pardon docteur. Dans mon rêve, j'entre dans la banque et je tue tous les clients et tous les employés. Puis j'ouvre le coffre et j'emporte dix millions d'euros en billets de cent.

— Ça fait combien de billets de cent ?

— Je l'ignore.

— Pourtant, un employé de banque, ça sait compter.

— On a des machines pour ça, maintenant : ça s'appelle des ordinateurs.

— Que fait la police ?

— Elle me poursuit et, au moment où elle va m'arrêter, je me réveille.

— J'essaie de retrouver mes notes sur votre enfance.

— Maman était pauvre et papa aussi. Ils se sont suicidés et j'ai été élevé par ma tante encore plus pauvre.

Yves Bergamotte raconta une fois de plus son passé malheureux et, au bout de quarante-cinq minutes, se leva, paya le psychanalyste et sortit de l'immeuble. Il n'avait qu'une petite rue grise à traverser pour se retrouver dans l'église Jeanne d'Arc, place Jeanne-d'Arc, 13e arrondissement de Paris. Il se dirigea vers le confessionnal. Le prêtre l'attendait car ils avaient rendez-vous.

— Pardonnez-moi, mon père, parce que j'ai beaucoup péché.

— Je t'écoute, Henri Carminat.

— Je suis milliardaire, fils de milliardaire, et mon plus grand plaisir dans ma vie de milliardaire est d'humilier les pauvres. J'ai de la chance, il y en a plein.

— La moitié de la planète, soupira le curé.

Le pénitent raconta alors à celui-ci, comme chaque samedi, ses turpitudes de riche : tourisme sexuel, insultes à voiturier, fraude fiscale, repas gastronomiques. À la fin de sa confession – elle durait moins longtemps qu'une séance de psychanalyse, mais coûtait plus cher : le prix de plusieurs cierges alors que la Sécu et sa mutuelle remboursaient intégralement le psy – il y eut l'absolution : c'était le moment qu'il préférait, comme tous les pécheurs.

Quand il sortit de l'église, le soir commençait à tomber. L'automne, une fois encore. Il monta dans un autobus et, vingt minutes plus tard, s'asseyait pour dîner en face de son épouse Gisela et de leur fils Oscar.

— Qu'as-tu fait aujourd'hui ? demanda sa femme.

— Comme d'habitude le samedi, mon psy et mon confesseur.

— Tu leur as encore débité tes bobards, soupira cette ravissante blonde d'origine suédoise.

— Bah oui.

Oscar leva les yeux au ciel. Depuis longtemps, les facéties de son père écrivain ne l'amusaient plus.

NABILLA FOUT LACAN

— Asseyez-vous, mademoiselle Nabilla. Ou ne vous asseyez pas. Allongez-vous. Ou ne vous allongez pas. Choisissez. Ou ne choisissez pas.

— Allô? Tu es psy et tu ne sais pas si je dois m'asseoir, m'allonger ou rester debout?

— Allongez-vous.

— Tu m'étonnes.

— Pardon?

— Voilà, je suis allongée. Et maintenant, je dois parler?

— Ou vous taire.

— C'est quoi se taire? Ça a un rapport avec la terre?

— Mais bien sûr.

— La terre, les choses qu'on met dans les pots pour les plantes, ou bien ce qu'il y a en face de la Lune?

— Je ne sais pas.

— Tu es psy, tu ne sais pas ce qu'est la terre?

— Je ne suis pas paysan. Encore que dans paysan, il y a psy et an. Et paie!

— Il fait chaud chez vous.

— Déshabillez-vous.

— Tu m'étonnes.

— Pardon ?

— Pour ce que j'ai sur la peau, ça ne changera rien.

— Mademoiselle Nabilla, il faut commencer.

— Commencer quoi ?

— L'analyse. Enfin, peut-être. Je ne vous ai pas encore acceptée.

— Ça consiste en quoi, l'analyse ? Moi, je suis là, c'est surtout pour faire plaisir à mon nouveau mec, il dit que j'en ai besoin pour mon équilibre et ma culture générale.

— Eh bien, c'est la parole.

— Mais je parle tout le temps.

— Peut-être pas pour parler.

— Allô ?

— Vous dites souvent « allô », alors que votre téléphone est éteint.

— Normal, c'est un mot que j'ai inventé.

— Je ne crois pas, il était déjà dans Proust.

— Pas de grossièretés, monsieur Lacan.

— Proust, pas prout. Encore que.

— Si je ne dis pas « allô », les gens ne me reconnaissent pas, surtout s'ils ne me voient pas.

— Je vous vois.

— Je me comprends.

— Vous êtes sûre ?

— Je me comprends mieux que je ne vous comprends.

— Je ne vous ai pas donné l'occasion de me comprendre.

— Pour comprendre quelqu'un, il faut en avoir l'occasion?

— Oui. L'analyse, c'est l'occasion. À propos, vous avez apporté ce que je vous ai demandé?

— Les cinq cents euros en grosses coupures? Oui. Vous aimez le cash, vous.

— Non : le liquide. Les larmes, le pipi, le sperme. Tout ce qui compte est liquide. Un analysé qui paie par chèque perd tout espoir de guérison. C'est l'une des rares choses sur lesquelles tous les psychanalystes sont d'accord, surtout ceux qui sont persécutés par le fisc.

— Le fisc fucking.

— C'est un jeu de mots?

— J'ai l'impression, mais on peut vérifier en appelant Cyril Hanouna. Allô, Cyril? Vous voyez, je dis allô, et mon téléphone est allumé. C'est bon signe, monsieur Lacan. Ou devrais-je dire docteur?

— Dites ce que vous voulez. C'est vous qui payez.

— Boîte vocale. Je rappellerai. On en était où?

— Je ne sais pas.

— Vous ne m'écoutez pas, alors.

— Avant de me demander si je vous écoute, demandez-vous si vous parlez.

— Je ne parle pas, là?

— Je ne sais pas.

— Vous ne savez rien!

— C'est à vous de savoir.

— Savoir quoi?

— Si vous savez.

— J'ai compris : c'est un jeu genre ni oui ni non,

l'analyse. À cinq cents euros de l'heure, ça fait cher le Monopoly. Je le retiens, mon nouveau mec. Et je sens que je ne vais pas le retenir longtemps. Vous dormez ?

— Non.

— Vous avez les yeux fermés.

— Vous n'êtes pas censée vous retourner pendant l'analyse.

— Et vous, vous êtes censé dormir ?

— Parfois, c'est utile.

— Je suis comme vous : j'adore dormir.

— C'est utile au patient.

— Bon, on va en rester là je crois, docteur. Je sens que je suis guérie. Ça tombe bien, parce que je n'étais pas malade. Et puis j'ai pris une décision : je largue mon nouveau mec. Ne me raccompagnez pas, je connais le chemin. C'est quoi ce qu'il y a derrière le petit rideau noir ?

— Je vous montre.

— Oh là là, elle est fâchée avec son esthéticienne, la nana. Elle a un sérieux problème d'épilation.

— C'est *L'Origine du monde*.

— Je croyais qu'on descendait du singe.

— Un tableau de Gustave Courbet.

— Allô, Gustave, tu ne connais pas la cire chaude ? Au revoir, monsieur Lacan. Vaudrait mieux dire Lecan, parce que vous êtes un homme.

— Vous n'oubliez rien ?

— Non : j'ai mon sac, avec ma vie dedans, et celle du monde entier. Je suis Dieu, comme tout le monde, grâce à Internet.

— Vous enlevez Internet, c'est presque du Spinoza.

— C'est comme ça qu'ils m'appelaient, en Suisse, aux cours de danse : la philosophe.

— Les cinq cents euros.

— Les quoi, docteur ?

— Le cash. Le flouze. Le pognon.

— Le cacash. Ça aussi c'est un jeu de mots. Je ne rappelle pas Cyril, il est sur boîte vocale en permanence. Vous avez raison, monsieur Jacques : j'oublie les cinq cents euros.

— Ha, ha, ha.

— Qu'est-ce que vous attendez ?

— Le cacash.

— Eh bien ?

— Vite, vite, vite.

— Mais oui, vite. Il faut me les donner vite.

— Vous les donner ? Nabilla, ce n'est pas drôle. Je vais appeler la police.

— Bonne idée, je l'appelle moi-même. Jamais vu un aussi mauvais payeur. Pour cinq cents euros, il me fait des histoires. Allô, monsieur Molière, j'ai retrouvé l'avare ! Vous croyez que je ne vous ai pas entendu, Jacques, pendant l'analyse ? C'était tout sauf discret.

— Je ne vous permets pas.

— Dans permettre, il y a mettre.

— Vous l'écrivez comment ?

— Avec un t. Ou deux peut-être ?

— Il y a aussi maître, comme le maître.

— Le mètre étalon ?

— Nabilla, vous êtes douée.

— Je sais. On me prend pour une gourde, alors que je suis un gourdin. C'est Patrick Besson qui l'a écrit dans *Le Point.* J'adore cet auteur. Vous n'avez pas son téléphone ?

— Non.

— Et mes cinq cents euros ?

— Voilà.

— Pas trop tôt.

— Vous revenez demain ?

— À ce prix-là, oui. Même heure ?

— Dans même, il y a m'aime. Tu m'aimes ?

— Je t'aimerai le jour où tu me donneras ce tableau, mais enlève les poils avant, c'est dégoûtant.

— Un bisou ?

— Un bijou.

— Tu es tellement lacanienne.

— C'est ce que me dit tout le temps mon boucher.

— Dans boucher, il y a bouche.

— Maintenant, c'est Obama.

— Oh, bats-moi.

— Je reste, tu es trop marrant.

— Tu rends les cinq cents euros, alors ?

— Non : je les vomis.

LA MARQUISE SOURIT
À CINQ HEURES

Il était quatre heures de l'après-midi, dans les jardins de l'Élysée. Julie Gayet s'était assoupie au soleil. Sentant, à travers les voiles du sommeil, une présence étrangère, presque hostile, elle se réveilla. Assise à côté d'elle, il y avait une femme aux cheveux gris et au visage d'enfant. Elle reconnut la marquise de Pompadour peinte par François Boucher vers 1750.

— Que faites-vous là ? demanda l'actrice.

— Je suis chez moi.

— Là, en 2014.

— Nous sommes en 1753, j'ai trente-deux ans et je viens d'acheter l'hôtel d'Évreux pour cinq cent mille livres.

— Nous ne sommes pas à Évreux. Et la monnaie en France, c'est l'euro. Les livres, c'est en Angleterre. Et ce palais vaut plusieurs dizaines de millions, pas cinq cent mille.

Julie entendait son cœur battre de plus en plus fort dans sa gorge, comme le jour où on lui avait proposé de jouer dans *Les Rois maudits*. Ou bien cette femme était une folle qui s'était introduite à l'Élysée et qui allait la tuer, ou bien c'était elle qui était devenue folle et qui allait se tuer.

— Savez-vous depuis combien de temps je n'ai pas couché avec le roi ? reprit la créature.

— Il n'y a plus de roi. Maintenant, c'est un président et c'est moi qui couche avec.

— Le président de quoi ?

— De la République.

— Ah, la *République*, Platon. J'ai compris : vous êtes une amie de Diderot, Voltaire et Rousseau. Moi aussi. Les intellectuels adorent les jolies filles. Bizarre que nous ne nous soyons jamais rencontrées. Ils cloisonnent, les philosophes. C'est leur côté maçons.

C'était une grande et grosse blonde avec de petits yeux bleus. Une ex de François ? Les ex de François devenaient toutes un peu folles. Exemple : Trierweiler avec son bouquin dément. Ségolène, ça c'était calmé, mais elle avait quand même essayé de se faire élire présidente de la République en 2007.

— Louis ne m'a pas touchée depuis septembre 49. Oui, quatre ans. Eh bien, vous savez quoi, mademoiselle dont j'ignore le nom mais dont j'aime le visage et dont je subodore sans peine que le roi l'aimera aussi ? C'est toujours moi la favorite. Pourquoi ? Parce qu'on ne se lasse jamais de la conversation de quelqu'un dont on aime la conversation.

Julie se dit qu'elle aussi était une favorite et se demanda si, le jour où le président ne lui ferait plus l'amour, il continuerait de l'aimer pour sa conversation.

Elle regardait autour d'elle : des ouvriers entraient et sortaient du palais. Ils étaient habillés comme dans *Angélique, marquise des anges.*

— Je fais faire de gros travaux, expliqua la femme. L'immobilier, c'est mon rayon. Vous n'êtes jamais venue à Bellevue ? C'est moi qui ai fait construire le château pour mon chéri. Il adore y emmener des filles.

— Vous aussi, vous avez ce problème.

— Quel problème ? C'est moi qui les lui choisis. Il préfère les vierges. Mais, de temps en temps, il ne crache pas sur une dame expérimentée. Vous en êtes où sentimentalement ?

— Très heureuse.

— Tant mieux. Louis a horreur des filles malheureuses. Bon, on s'habille et on file au Parc-aux-Cerfs. Rassurez-vous, ce n'est pas un parc et il n'y a pas de cerfs.

— Je suis habillée.

— Non, mademoiselle, vous êtes vêtue, ce n'est pas la même chose.

Vaguement vexée, Julie se laissa guider à l'intérieur du palais en révolution. Elle ne se dirigea même pas vers le bureau de François : elle savait qu'il n'y serait pas. Pas avant deux siècles et demi. Une domestique de la Pompadour lui fit revêtir une robe d'époque.

— On voit trop mes seins, dit l'actrice.

— C'est un spectacle auquel peu d'hommes résistent, dit la marquise. Et surtout pas Sa Majesté.

Dans son carrosse tiré par six chevaux blancs, elle expliqua :

— Avant, Louis aimait faire de petites parties au

château de la Muette, près du bois de Boulogne. J'avais rénové l'intérieur : on pouvait organiser des dîners de quatre-vingt-cinq personnes. Il aime aussi bien Bellevue. Mais ce soir, nous allons à Versailles. Le Parc-aux-Cerfs est une maison de la rue Saint-Médéric, dans le quartier Saint-Louis. Vous y serez seule avec le roi Louis XV.

— Je n'ai rien à lui dire. Je suis républicaine et laïque.

— Ne lui dites rien. Ça vaudra mieux, il est ultra-timide. Il ne saurait pas quoi vous répondre. Pour un monarque, c'est un handicap. Louis n'aime pas gouverner, du reste. Trop de discours. C'est moi qui gouverne à sa place et je m'en sors plutôt bien : en neuf ans, j'ai décuplé ma fortune. Mon problème, ce sont les gazettes.

— Ne m'en parlez pas.

— J'ai beau envoyer à la Bastille les auteurs de pamphlets contre moi, il y en a toujours de nouveaux.

— Moi, je les colle au tribunal. Ça rapporte bonbon.

— En 51, j'ai fait emprisonner pour plusieurs mois Pierre Eneize qui avait écrit, à mon sujet : « *Fille d'une sangsue et sangsue elle-même.* » Ma pauvre mère, qui m'a tout appris.

— Moi aussi, j'adore ma mère.

— « *Poisson, dans ce palais d'une arrogance extrême...* » Parce que mon nom de jeune fille, c'est Poisson. J'en ai bavé, au couvent des Ursulines. Heureusement, je n'y suis restée qu'une année. « *Étale en ces lieux, sans honte et sans effroi / Les dépouilles du peuple et l'opprobre d'un roi.* »

— Si vous saviez ce qu'on dit sur François, c'est bien pire. Rien que Zemmour.

Elles arrivèrent rue Saint-Médéric. Julie descendit du

carrosse, intriguée, un peu excitée. Quel âge pouvait bien avoir Louis XV en 1753? Une petite quarantaine. Elle avait lu que c'était plutôt un grand type. Ça la changerait. Coucher deux siècles et demi en arrière, est-ce que c'était tromper? La dernière fois qu'elle était passée chez Ardisson, cette rigolade. Ils avaient tous essayé de lui faire parler du président. Elle avait bien tenu sa langue.

Elle se tourna vers Madame de Pompadour, restée dans le carrosse.

— Vous ne venez pas?

— Jamais le premier soir. Une prochaine fois, peut-être. Si Louis le désire et si vous n'avez rien contre.

— Vous avez un message pour le roi?

— Dites-lui que je l'aime.

Il était cinq heures. Julie entra dans la maison. La marquise sourit.

PIERRE ET JEAN-PAUL

Chantal rencontra Pierre et Jean-Paul le même jour, à la même heure et au même endroit : le 3 juillet 2016, à 17 h 45, sur la plage de Menton. Bons joueurs de tennis (Pierre était classé 4/6 et son ami 15), les deux garçons faisaient en scooter la tournée des stations balnéaires de la Côte d'Azur où il y avait des tournois, gagnant de quoi payer leurs vacances et, expliquèrent-ils à Chantal, une partie de leurs études. Pierre était en droit et Jean-Paul en médecine. Ils étaient beaux : Pierre dans le genre trop brun, Jean-Paul dans le style pas assez blond. Chantal tomba tout de suite amoureuse des deux. Ils ne restaient plus qu'une soirée à Menton, le tournoi de Juan-les-Pins commençant le lendemain. La jeune femme, elle-même étudiante en sciences politiques à Aix-en-Provence, devait se décider qui embrasser : le 4/6 ou le 15, le futur avocat ou le futur médecin, le trop brun ou le pas assez blond ?

Un 4/6, commença-t-elle par se dire, c'est mieux qu'un 15. Et un avocat moins dégoûtant qu'un médecin : il ne passe pas ses journées à toucher des gens malades.

Il rencontre des criminels, mais ils sont habillés. Et un trop brun, c'est plus sexy qu'un pas assez blond. Chantal était, comme sa mère Claudia, une fan d'Alain Delon : celui de la pub Eau Sauvage. Du coup, à chaque fête des Pères, elle offrait un flacon d'Eau Sauvage à son père Thierry, président du Yacht Club de Monaco.

Jean-Paul étant reparti au tennis club pour récupérer leurs affaires de sport et leurs primes en cash (il était arrivé en demi-finale et Pierre avait été logiquement battu en finale par un 2/6), Chantal se retrouva en tête à tête avec Pierre sur la plage, situation idéale pour un premier baiser.

— Jean-Paul est un type formidable et je crois que tu lui as tapé dans l'œil, dit Pierre.

Le tennisman fit ensuite la liste de toutes les qualités de son ami : intelligence, sensibilité, fiabilité, etc. Du coup, Chantal n'eut plus envie d'embrasser Pierre qui était là mais Jean-Paul qui ne l'était pas. Ce dernier revint bientôt, avec l'argent et les raquettes. Pierre alla à l'hôtel prendre une douche et se changer. Jean-Paul avait gardé sa tenue blanche de tennis. Chantal admirait ses longues jambes musclées et bronzées. Les jambes, c'était ce qu'elle trouvait de plus érotique chez un homme, surtout quand elles étaient musclées et bronzées. Elle avait envie de les caresser. Et qu'elles se serrent autour de sa taille.

— Tu ne t'en es peut-être pas rendu compte, dit Jean-Paul, mais Pierre a craqué pour toi. C'est un mec extraordinaire.

Il dressa de son ami 4/6 un portrait tellement flatteur

que Chantal n'eut soudain plus envie d'embrasser Jean-
Paul mais Pierre : 4/6, le futur avocat, le trop brun.
N'avait-il pas été son premier choix ?

Les trois jeunes gens dînèrent dans une pizzeria.
Pendant le repas, Pierre dit du bien de Jean-Paul et Jean-
Paul dit du bien de Pierre. Chacun des deux semblait
exercer une fascination sur l'autre, à laquelle Chantal
ne tarda pas à succomber elle aussi. Après que les garçons eurent payé l'addition, elle les suivit à leur hôtel.

SOUS CHARLOTTE

Je suivais une jument dans le manège normand de mon enfance pas si lointaine, quand on est venu me chercher. Il faisait gris. J'aime bien le gris. Star de Deauville (trois ans et demi) était grise. Deauville aussi. Aujourd'hui, je suis dans le bleu. Couleur de la mélancolie chez les jazzmen. Et de la mort chez les Mayas. Mon ancien propriétaire était un passionné du Mexique. Il m'en parlait quand nous allions au pas. Autrefois, les Mexicains n'avaient pas de chevaux. Ni de roues. Avant Cortés, leur grand civilisateur assassin, ils marchaient. Les pauvres. Aujourd'hui, ils sont toujours pauvres mais ils sont en voiture, tirée par des chevaux devenus vapeur.

Quand j'ai vu le van de luxe qui n'était pas celui de mon propriétaire, j'ai regardé ce dernier qui a regardé ailleurs. J'ai compris qu'il n'était plus mon propriétaire. Je ne lui en ai pas voulu. Je ne l'aimais pas. Je n'aimais personne, à part mon déjeuner. Et mon dîner. Ainsi que la forêt et la plage quand j'avais le droit d'y galoper. Aujourd'hui, les choses ont changé. Beaucoup.

Au bout de quatre heures, le van s'est arrêté. J'avais

faim et soif. Les chevaux ont toujours faim et soif. Le bon Dieu n'avait qu'à nous apprendre à lire. On m'a donné à manger et à boire, en abondance. J'ai pensé : des gens bien. On m'a fait marcher dans l'herbe, pour me dégourdir les jambes. Les chevaux ont des jambes, ce sont les chiens qui ont des pattes. Je suis remonté dans le van. Quatre heures plus tard, même manège. Si j'ose dire. Car ce ne sera plus jamais le même manège.

Ce qui m'a surpris, et un peu affolé – je m'affole facilement, ça fait partie de mes rares défauts –, quand je suis arrivé à destination, c'est la chaleur et la lumière. L'une dense, l'autre violente. Et le bruit. Ma nouvelle propriétaire m'apprendrait, quand nous serions devenus proches, que c'était celui des cigales.

C'était une écurie de luxe, comme le van : confortable, jolie, propre. J'ai jeté un coup d'œil aux autres chevaux : ils me regardaient de haut, bien que je fusse plus grand qu'eux. Je suis un impressionnant selle français noir, qui va vite et saute bien. Bien qu'ils me battissent froid, ça me faisait plaisir de me retrouver parmi mes congénères. Je déteste la solitude, elle est synonyme d'ennui et de danger. Pour les chevaux comme pour les hommes.

J'étais sur le point de m'endormir, le soir de mon entrée dans ce nouvel univers, quand j'ai entendu un bruit et senti un parfum : son bruit, son parfum. J'ai tourné la tête vers elle. Nous, les chevaux, nous avons une tête. Ce sont les chiens qui ont un museau. Et les lions une gueule.

Première fois que je voyais une longue robe noire qui ne fût pas celle d'une jument dont je guignais les faveurs. Elle avait mis doublement ma couleur : dans sa tenue et dans sa chevelure. Je saluai, d'un mouvement ému de la tête donc, cette délicatesse.

— Je dois aller à une soirée contre le sida au Sporting, dit-elle. Mais je n'ai pas pu résister à l'envie de te voir. Tu es aussi beau que sur les photos.

Elle ajouta, en me tapotant l'encolure :

— Je te monterai demain matin.

Je compris que j'aurais, pendant la nuit, du mal à dormir.

— Tout le monde m'a dit du bien de toi.

L'avantage d'être un cheval, c'est qu'on ne rougit pas, la nature nous ayant faits immodestes.

— Ça me saoule, ces trucs caritatifs, mais il faut que j'y aille, sinon ma mère va encore me faire un souk. J'aurais préféré rester avec toi. À demain, Tsar des Roches-Noires.

On nous donne de ces noms, aussi.

Je me suis réveillé tard, car je n'avais réussi à trouver le sommeil qu'aux premières lueurs de l'aube. Ce n'était pas la même aube que chez nous, soutane brumeuse qui a bien du mal à se soulever, alors qu'en Provence c'est une jolie petite jupe rose sous laquelle une ravissante journée propose ses longues et belles jambes nues. J'avais dormi debout au cas où la jeune femme brune en noir repasserait par l'écurie, après sa soirée mondaine, pour me faire un petit coucou. Je l'ai attendue en vain pendant la matinée, l'après-midi, la soirée. J'interrogeai les autres chevaux sur cette absence et tous me firent la même réponse : il y avait des jours où ma nouvelle propriétaire avait beaucoup de mal à se réveiller, c'étaient ceux où elle s'était couchée tout de suite après son petit déjeuner bio, comme sans doute elle l'avait fait aujourd'hui. Ces trucs de charité, ça se terminait souvent à pas d'heure, dans une ambiance de folie.

J'ai dû attendre trois semaines avant de revoir ma nouvelle propriétaire. D'abord, j'ai refusé de la regarder, furieux qu'elle ait mis tout ce temps à revenir vers moi. Elle m'expliqua qu'elle avait dû se rendre en Californie pour assister à un show de Gad. Je me demandai quel était ce rival au nom bizarre. Un alezan? Un percheron? Un petit cheval arabe? Et quel genre de show il faisait. Cirque? Spectacle équestre? Et où se trouvait la Californie. À côté de la Normandie?

Quand enfin je la sentis sur moi, mon cœur s'emballa, mes jambes aussi. Après que j'eus fait trois fois le tour du manège à toute vitesse, elle me pria de me calmer : elle n'était pas jockey, bien que sa petite taille et son faible poids le lui eussent permis, mais cavalière. Comment ne pas obéir à une voix aussi envoûtante? Je ralentis.

— Tu as envie de sauter?

J'avais envie de sauter, oui.

L'équitation est le seul sport mixte : une jument, comme un étalon, est montée indifféremment par des hommes et par des femmes. La cavalière est l'égale du cavalier, sauf sur le podium. C'est comme dans les entreprises du Cac 40. Ou au gouvernement. Il y a des femmes, mais elles marchent un peu derrière. Je préfère être monté par une cavalière : elles sont moins lourdes et plus douces. Mais avec un cavalier, j'ai plus de chances de remporter le concours. Choisir entre le confort et la gloire, la paix et le combat, la promenade et la course : éternel dilemme que chacun résout à sa manière. Du jour où la jeune femme me monta dessus, je compris que je ne serais jamais un champion car j'étais tombé amoureux. Et un champion ne tombe pas.

Je me souviens du premier – et dernier – concours hippique auquel je participai avec Charlotte. C'était à l'hippodrome de Cagnes-sur-Mer. On était au milieu de l'automne mais il faisait le même temps doux, lumineux et moite qu'à Deauville en été. Il y avait deux parcours : un pour les enfants et un pour les enfants de trente ans. Les cavaliers et les chevaux promenaient leur élégance entre les piétons, dont beaucoup promenaient leur chien. Les chiens et les chevaux s'entendent à merveille, ils chassent du reste souvent ensemble.

Nous courions – pour vingt-quatre mille euros – dans le Grand Prix CSI 2. J'ai beaucoup aimé le cheval irlandais de Mark McAuley, Isco de Amoranda. Les spectateurs avaient fini d'avaler leur steak frites et se groupèrent dans les tribunes. On eût dit qu'ils n'attendaient que mon apparition, mais je compris, quand tous crièrent « Charlotte ! » et non « Tsar des Roches-Noires ! », qu'en fait ils attendaient celle de ma propriétaire. Pourquoi était-elle si célèbre ? Avait-elle joué dans un film oscarisé ? Reçu un prix Nobel d'économie ? Était-elle championne olympique sur le fameux Gad qui gardait, pour moi, tout son mystère ? Les flashs crépitèrent à notre entrée sur le terrain. Elle allait me tester en compétition. Elle m'avait, me répétait-elle souvent, payé assez cher pour ça. Je viens d'un milieu modeste – mes parents n'étaient pas des cracks et leurs parents non plus – mais j'avais des dons multiples, dont le principal : mon gap de saut.

— Applique-toi, me dit-elle à l'oreille, il y a Gad.

Je regardai autour de moi. Quand nous, les chevaux, nous voulons regarder autour de nous, nous n'avons pas besoin de tourner la tête car nous avons un angle de vue de cent quatre-vingts degrés. Je reconnus mes concurrents avec lesquels je m'étais échauffé avant l'épreuve : Venezia d'Ecaussinnes, Candy 705 et surtout Rolls d'Elbe, monté par Nadège Janssen, une jeune femme belge presque aussi ravissante que ma Charlotte. Rolls d'Elbe est un hongre. Tant pis pour lui. Moi, je suis entier. J'étais même le seul entier du concours. Comme devait le déclarer un commentateur hippique peu après notre malencontreuse chute : « Quand on est si jolie, on ne monte pas un cheval entier. » Phrase malheureuse prononcée sur la chaîne Equidia et qui valut à son auteur un procès en diffamation intenté par la famille de ma propriétaire, qu'il perdit et à la suite duquel il fut renvoyé de la télévision, quitté par son épouse, rejeté par ses deux fils khâgneux, chassé de son HLM de Saint-Ouen et enfin pendu par ses propres soins dans le bois de Meudon.

— Gad est là-bas, dit Charlotte.

Elle me montra un homme que je regardai à peine. Un homme. C'était pour cet être inférieur, inélégant, petit, mal équilibré – un homme – qu'elle m'avait, à de si nombreuses reprises, abandonné pendant des semaines entières. J'étais outré. La cloche sonna. Le public retenait son souffle : on n'entendait que le mien. Je franchis machinalement les premiers obstacles. Sauter, soudain, ne m'intéressait plus. Charlotte avait compris que mon esprit était ailleurs. J'étais désuni, du coup, elle se désunit aussi. Nous arrivâmes trop tôt sur le quatrième obstacle devant lequel je m'arrêtai, de peur de me casser quelque chose. Je vis un gros oiseau me passer par-dessus la tête : c'était ma propriétaire. Atterrissant sans ménagement sur le sol par bonheur fort meuble, elle me regarda avec haine et je compris que je ne l'aimais plus. Heureusement, elle n'avait rien de grave. On me reconduisit au van où j'attendis, en mâchouillant le peu d'orge et de grains que le palefrenier, sans doute chapitré par la jeune femme humiliée, avait consenti à me servir, qu'on statue sur mon sort. Sans doute me renverrait-on en Normandie, où je retrouverais Star de Deauville, une jument de mon milieu. Je ressentis une vague tristesse à quitter ces cyprès, ces oliviers, et même ces cigales qui, au début de mon séjour, me cassaient les oreilles.

C'était la fin du concours. Je vis Charlotte cheminer vers le van aux côtés de Nadège Janssen. Quand elles furent à quelques mètres de moi, j'entendis la Belge dire à la Monégasque :

— Si vous n'en voulez plus de votre Tsar des Roches-Noires, hein, moi je suis preneuse, une fois.

DOMINIQUE ET DONATIEN

— Où m'emmènes-tu, ma fille ?

— Tu le sais bien, papa, à l'asile.

— Pour quoi faire ?

— On te l'a dit : te soigner.

— De quoi ?

— De ton libertinage.

— Ce n'est pas une maladie mais une pensée.

Dans la lumière de ce 2 décembre 1814, Paris semblait pétrifié. Le ciel était couleur de cadavre. Comme bastonnés par le froid, les passants avançaient courbés le long des rues mortes. Le financier Strauss-Kahn, conseiller de plusieurs cours européennes, venait d'être innocenté dans le procès pour mauvaises mœurs que lui avaient intenté les juges de l'Empereur corse puritain Napoléon Ier, ceux-ci ayant été entre-temps remplacés par des juges royalistes plus coulants avec les aristocrates, même les vicieux. Le financier était revenu à Paris après sa relaxe lilloise et avait retrouvé sa famille. Celle-ci, composée de plusieurs femmes, de quelques enfants et de nombreux petits-enfants dont certains étaient presque adultes, lui conseilla un séjour dans un endroit propre à guérir des penchants qui lui avaient valu sa mise en accusation non seulement par les tribunaux, mais aussi dans les gazettes : Charenton. Sa fille aînée s'était chargée du transport. Elle le laissa devant la porte du docteur Royer-Collard.

— Je lui dis quoi ? demanda le financier.

— Que tu veux guérir.

— Ma santé est excellente : j'ai encore mangé deux pieds de porc avant-hier soir. En plus, c'était shabbat.

— Pour un Juif, il n'y a pas de quoi se vanter.

— Je ne suis pas religieux.

— De cela aussi, il faudra guérir.

— Jamais. Pourquoi aurait-on fait la révolution ?

— Elle est loin derrière nous, la révolution.

— Pas pour moi.

— Père, ne faites pas l'enfant.

— Je n'aurais pas dû faire d'enfants, tu veux dire.

Le docteur Royer-Collard était un ancien prêtre. Il ne supportait pas le libertinage, que d'aucuns considéraient comme une maladie ; pour lui, c'était un crime. Il avait suivi le procès de Lille et, à ses yeux, le financier juif méritait une seule punition : la corde. La guillotine n'était plus à la mode depuis la fin du siècle précédent. Royer-Collard se montra néanmoins aimable avec Strauss-Kahn, eu égard aux postes importants que celui-ci avait occupés sous l'Empire avant de tomber en disgrâce du fait de ses pratiques sexuelles.

— J'ai une mauvaise nouvelle pour vous, monsieur Strauss.

DSK reconnaissait les antisémites à ce qu'ils l'appelaient Strauss, les Juifs à ce qu'ils le nommaient Kahn, les
républicains à ce qu'ils lui donnaient du Strauss-Kahn et
les libertins à ce qu'ils lui disaient mon pauvre vieux.
Les filles ne l'appelaient pas, elles lui écrivaient. Pour
lui donner rendez-vous. Seuls son père et sa mère lui
disaient Dominique. Mais ils étaient morts tous les deux.

— Nous sommes complets, annonça Royer-Collard.

Il avait un sourire luisant d'une aigre satisfac-
tion. Le financier comprit que l'ancien prêtre n'avait
aucune envie de le compter parmi ses pensionnaires.
Tant mieux : lui-même n'avait nul désir de rester à
Charenton. Mais où aller ? Les autres asiles étaient pires.
Au moins, ici, il y avait un parc et une bibliothèque.
Au-delà d'un certain âge, ce sont les deux seules choses
dont un homme cultivé a besoin, à condition que la
bouffe ne soit pas trop dégueulasse et qu'il ait l'autorisa-
tion de se branler.

— Il y aurait une solution, dit Royer-Collard. Vous
savez que nous avons dans nos murs l'écrivain Sade.

— Comment va-t-il ?

— Il agonise.

— Il voit un médecin ?

— Je suis médecin.

— Il vous voit ?

— Non : c'est un adepte de l'automédication.

— Il prend quoi comme médicaments ?

— Sa pisse et sa merde. Il lui arrive aussi de se couper
une veine pour boire son sang.

— C'est un grand styliste et j'aime sa philosophie.

— Elle vous a pourtant valu un procès retentissant.

— Que j'ai gagné.

— Vous ne verrez donc aucun inconvénient à partager la cellule du marquis.

— Ma foi, si c'est pour quelques jours.

— Vu le traitement qu'il s'administre, son espérance de vie me semble on ne peut plus limitée. Maître Roulhac du Maupas va vous conduire chez lui.

— Je n'ai plus besoin d'avocat, les miens m'ont coûté assez cher.

— Celui-ci sera gratuit car c'est mon collaborateur. Il remplace l'abbé de Coulmiers que je jugeais trop mou, surtout envers cet auteur pornographique. L'abbé a laissé se développer une relation bizarre entre Sade et Madeleine Leclerc, une petite lingère avec qui le marquis, au prétexte de lui apprendre à lire et à écrire, s'est sans doute livré à divers attouchements que l'un et l'autre ont toujours niés. Je pense qu'après quelques séances de torture ils passeraient aux aveux. Hélas, la torture n'est pas encore admise en psychiatrie. Mais, croyez-moi, un jour les psychiatres comprendront qu'on ne peut pas s'en passer.

Comment s'appelait la lingère déjà? Madeleine. DSK en avait eu pas mal, des Madeleine. Des lingères, aussi. Il se souvenait surtout de l'une d'elles, dans la ville américaine de New York en plein essor depuis l'indépendance de la colonie. L'ancienne Nouvelle-Amsterdam avait été éclipsée pendant tout le XVIIIe siècle par Boston et Philadelphie sur lesquelles elle était en train de prendre sa revanche, aidée par un DSK engagé pour restructurer sa dette et, d'une façon plus générale, réorganiser ses finances. La petite Emily était noire et un peu enveloppée. Elle n'était pas vraiment d'accord mais pas vraiment pas d'accord non plus. Dans le doute, DSK ne s'était pas abstenu. Après, elle avait un peu pleuré, alors il lui avait acheté un restaurant sur Canal Street. Ça devait être pour ça qu'il se souvenait de son prénom.

Arrivé devant la porte de la cellule du marquis de Sade, le financier Strauss-Kahn entendit un long gémissement : Donatien Alphonse François venait de quitter ce monde et d'entrer dans le paradis des libertins, gigantesque partouze où nous irons bientôt tous le rejoindre.

À L'OMBRE D'UNE JEUNE FILLE EN PLEURS

Elle était plus jeune que lui. D'une trentaine d'années. Elle avait beau lui répéter qu'il ne faisait pas son âge, il n'en était pas moins gêné quand elle l'embrassait sur la bouche dans l'autobus.

— On n'embrasse pas son père sur la bouche, disait-il.

— Tu n'es pas mon père.

— Oui, mais les autres passagers ne le savent pas.

— Une fois que je t'ai embrassé sur la bouche, ils le savent.

C'était une grande blonde fine aux lèvres minces et aux yeux vert foncé. Elle avait peu de poitrine. Moins que lui, disait-il, avant qu'elle ne lui donne un coup de coude dans les côtes comme chaque fois qu'il évoquait son âge. Ils parlaient beaucoup ensemble, surtout lui. Il avait une hantise, propre aux bavards de plus de soixante ans : se répéter.

— Je ne te l'ai pas déjà dit ? lui demandait-il toutes les cinq ou six phrases.

— Non.

— Tu es sûre ?

— Tu me demandes ça tout le temps.

— Les vieux, ça radote.

— Tu n'es pas vieux.

Les femmes jeunes qui sortent avec un homme vieux passent une grande partie de leurs journées – et aussi de leurs nuits – à le convaincre qu'il n'est pas vieux, mais un jour elles en ont marre, elles le traitent de vieux con et partent vivre avec un homme jeune pour la seule raison qu'il ne leur parlera pas de son âge ni du leur, puisque c'est le même.

— Achète-moi un drapeau et, chaque fois que tu te répéteras, je le lèverai. Ça t'évitera de me poser la question.

— De quelle couleur le drapeau ?

— Rouge.

— Tu es communiste ?

— Oui. Pas toi ?

— Non : je suis trop vieux.

Le lendemain, à La Closerie des Lilas, il lui offrit un petit drapeau. Rouge, comme elle l'avait demandé. Elle rit et embrassa son amant sur la bouche.

— On n'est pas dans l'autobus, dit-il.

Au cours du dîner, elle leva son drapeau une seule fois : quand il parla de son premier divorce, en 1992. Il y en avait eu deux autres : en 1999 et en 2011. Il les lui avait beaucoup racontés, aussi. Les jours suivants, les levers de drapeau se multiplièrent et il se rendit compte qu'il se répétait souvent. Décidément, il était trop vieux, trop moche et trop bête pour cette femme jeune, belle et intelligente. Il l'invita à La Closerie des Lilas, à la même table où il lui avait offert le petit drapeau rouge, dit qu'il la quittait. Elle pleura. Il répéta :

— Je te quitte.

Elle leva son drapeau.

LES QUATRE PETITS NÈGRES

L'auteur d'essais arriva le premier. Dans l'essai, on est ponctuel. Il avait fait six mois à Normale sup et deux ans et demi à Fresnes, ce qui expliquait à la fois pourquoi il n'avait pas eu son agrégation de philosophie et pourquoi il ne pouvait pas enseigner dans le public. C'était un bel homme d'une cinquantaine d'années qui ne comprenait pas une chose : quand une fille dit non, c'est non. Il s'assit et commanda un Vichy. Il avait arrêté de boire en prison et n'avait pas repris depuis, sur les conseils de son médecin traitant. Il regarda la jeune demoiselle des vestiaires, sans arrière-pensées : elles étaient toutes devant. Peut-être dirait-elle oui, une fois qu'elle l'aurait vu avec lui, dont il écrivait les essais depuis maintenant sept ans. Dernier paru : *Pour une information sans fard,* 37 000 exemplaires vendus. Il demanda des renseignements à Didier, le maître d'hôtel (le restaurant était Le Dôme, établissement de Montparnasse spécialisé dans le poisson et les fruits de mer de qualité), qui, ignorant son passé de violeur, les lui donna : c'était une jeune Israélienne. Il n'avait jamais violé d'Israélienne. De toute façon, depuis sa castration chimique, il mangeait surtout des bonbons Kréma qui lui rappelaient son enfance à Montreuil, où il y avait une usine Kréma.

C'était une femme qui rédigeait les romans depuis le décès d'un maître-nageur roumain, ancien recteur de l'université de Timişoara, qui avait valu à Patrick, en 1989, son premier prix littéraire – la Saucisse dorée de Strasbourg, montant : vingt-cinq mille francs – pour *Norma et les intermittences du corps* (41 000 exemplaires vendus). Anne – « sans accent circonflexe sur le *a* et avec deux *n* », disait-elle souvent car elle ne manquait pas d'humour, ainsi que l'avait remarqué récemment le critique littéraire Victor Fenech dans *Le Monde des livres* en rendant compte du dernier roman de Patrick, *Rien qu'un homme*, 7 500 exemplaires vendus, mais on venait juste de finir la mise en place – était une jolie femme d'une petite quarantaine d'années. Elle connaissait la réputation de l'auteur d'essais et s'assit loin de lui. Elle regarda ses mails. Avant, les filles ne savaient pas quoi faire quand elles s'asseyaient à une table de restaurant. Une chose était exclue : manger. Maintenant, elles regardent leurs mails. Il y a aussi celles qui ressortent pour fumer et regarder leurs mails.

Le dramaturge et la poétesse entrèrent ensemble au Dôme car ils étaient ensemble dans la vie. Ils occupaient un trois-pièces à Montmartre d'où ils rayonnaient à Vélib dans toute la capitale. Ils avaient soixante ans à eux deux : vingt-sept pour elle, trente-trois pour lui. Ils étaient longs et minces. Elle portait des lunettes et il portait la barbe. Sa dernière pièce à lui avait bien marché en Belgique et au Luxembourg. C'était un biopic de Léon Tolstoï, axé en grande partie sur la vie amoureuse de l'écrivain russe. L'auteur d'essais l'avait vue trois fois, bien que Tolstoï n'eût jamais violé personne. La romancière n'avait pas eu le temps, elle mettait la dernière main – « la dernière petite main », avait-elle dit à Patrick, quand il lui avait demandé des nouvelles du manuscrit – à *Sur le bateau de mon cœur*, le prochain roman de son employeur. La poétesse ne s'était pas non plus déplacée. Elle s'était juré, après la représentation d'une pièce de Tchékhov à l'Odéon, de ne plus jamais remettre les pieds dans un théâtre, même si c'était son chéri l'auteur. « Je ferai peut-être une exception quand tu seras aussi le signataire », avait-elle dit. Mais sous son nom, le dramaturge n'arrivait pas à faire monter son travail. Il s'en fichait un peu. Ce qu'il aimait, c'était descendre à Paris sur un Vélib, devant ou derrière sa compagne, selon qu'il ou elle était monté le premier sur sa bicyclette d'emprunt.

La poétesse était heureuse : son recueil de poèmes pour enfants – *La Ronde des ordis* – avait atteint 50 000 exemplaires, score exceptionnel pour de la poésie. « On n'a pas vu ça depuis Prévert », avait dit l'éditeur à Patrick, qui l'avait aussitôt rapporté à la jeune femme. Il n'était pas avare de compliments. Non, de compliments, il n'était pas avare.

Il arriva en dernier, comme à chacun de ces dîners mensuels dont il avait eu l'idée l'année de son renvoi de TF1 : il avait besoin de chaleur humaine. Il regrettait un peu maintenant, vu le montant de l'addition. Le fisc était devenu regardant avec les notes de frais, c'était à cause des lettres de dénonciation qu'envoyait, au ministère des Finances, plusieurs fois par mois, son ex péruvienne qu'il avait eu la maladresse d'oublier dans une chambre du Montalembert, un jour où il faisait un direct à l'Élysée avec le président Sarkozy.

— Je suis content que vous soyez tous là car j'ai une grande nouvelle à vous annoncer, malheureusement elle n'est pas bonne : j'arrête d'écrire.

Arrivant sur ces entrefaites, Didier, le maître d'hôtel amoureux en secret depuis une vingtaine d'années de l'attachée de presse blonde des éditions Albin Michel, tomba sur la stupeur des collaborateurs de Patrick comme dans un puits. Il fit machine arrière, intimant aux garçons du Dôme de rester à bonne distance de ce petit salon où, naguère, le président Mitterrand aimait à déjeuner avec sa fille Mazarine et quelques fidèles, peut-être faudrait-il dire complices, du mitterrandisme : il se tramait là quelque chose de grave.

— Pourquoi ? demanda l'essayiste.

— Pourquoi ? insista la romancière.

— Pourquoi ? gémirent de concert le dramaturge et la poétesse.

Patrick baissa la tête, à la fois ému et embarrassé par ces quatre interrogations qui le replaçaient face à lui-même, à ses tourments et à ses obsessions.

— Je crois, dit-il, que je n'ai plus le feu sacré. J'ai l'impression d'avoir tout donné. J'ai compté : cinquante-trois ouvrages. Et dans les domaines les plus divers, l'essai, le roman, le théâtre, la poésie.

— La biographie, glissa la poétesse avec, derrière ses lunettes rondes, un air de malice qui n'échappa nullement à Patrick.

Il lui pardonna : la malice, c'était son truc à elle.

— Ce n'est pas un bon souvenir, dit-il. Du reste, après j'ai arrêté. La biographie, c'est trop de boulot avec les avocats.

— Je ne comprends pas, dit l'essayiste. Les 37 000 exemplaires de *Pour une information sans fard*, ça ne vous suffit pas ?

— Justement, si. Pourrais-je aller plus loin dans l'analyse sans concession du système médiatique ? Je ne crois pas. Je suis au bout de ma recherche et de mon émotion. Je laisse tomber : je ne peux pas changer la société du spectacle à moi tout seul. Ce n'est pas mal, ça, comme expression : la société du spectacle.

Il sourit et ajouta :

— Dommage que je n'écrive plus d'essais.

— Mais pourquoi arrêter les romans ? dit la romancière. J'en fais quoi, alors, de *Sur le bateau de mon cœur* ?

— La vérité, dit Patrick, c'est que je n'en suis pas satisfait. Dans *Sur le bateau de mon cœur*, je ne suis pas assez sincère avec le lecteur, pas assez vrai. Il en serait déçu. Malgré tout le travail que j'ai accompli sur ce livre, je vais devoir renoncer à sa publication. C'est à cela, je crois, qu'il faut reconnaître les vrais écrivains : ceux qui savent se dire non à eux-mêmes.

— Et nous ? firent le dramaturge et la poétesse, qui

faisaient beaucoup de choses ensemble, notamment parler.

— Ah ! soupira Patrick en accentuant son éternel sourire charmé et un peu douloureux, le théâtre et la poésie, mes deux péchés mignons. La brûlure des planches, la musique des mots. C'est vous qui me manquerez le plus. Ça ne vous suffit pas, comme consolation ?

LE COMPLEXE DE MARINE

— Comment t'appelles-tu?

— Marine. Et toi?

— Sophocle.

— C'est bizarre comme nom.

— C'est grec.

— Ah, tu n'es pas français.

— Ça t'embête?

— J'aime bien les étrangers tant qu'ils respectent les lois et les traditions de mon pays.

— De toute façon, là, on est sur une plage grecque, pas française.

— Attends de voir arriver cinq mille Africains par jour et elle ne sera plus grecque, ta plage : elle sera noire.

Cette dernière phrase laissa perplexe le jeune Sophocle. Né en 1995, il avait à peine vingt ans et ambitionnait, en dépit du peu de débouchés qu'offrait cette filière dans l'Union européenne, d'écrire des tragédies. Il en avait déjà proposé quelques-unes à des directeurs de théâtre : *Ajax, Électre, Antigone.* La première avait été jouée sans succès, dans une traduction de David

Foenkinos, off Avignon. Les deux autres attendaient d'être montées.

— Je cherche un sujet qui plaise au peuple, se confiat-il à Marine alors que celle-ci revenait de se baigner dans la mer Égée d'un bleu parfait.

Sophocle ne se baignait jamais, ne sachant pas nager, ce qui était le cas de bien des Grecs de l'Antiquité, par ailleurs marins exécrables, surtout si on les comparait aux Phéniciens.

Marine dit, péremptoire, en séchant ses cheveux dans une serviette bleu-blanc-rouge, avec le dessin d'une flamme sur le blanc :

— Je connais trois bons sujets : le travail, la famille et la patrie.

— Tu veux une glace ? proposa le jeune homme.

— Non : je suis au régime.

— Pourquoi ? Tu as un corps magnifique.

— Pour la Grèce, oui, mais en France, les normes sont plus strictes.

— Nous, les Grecs, on s'en fout des normes.

— Oui, on avait compris. Il faut que je te dise, Sophocle : je suis députée européenne.

— L'Europe, c'est une idée grecque. On a même une déesse qui s'appelle comme ça.

— Je suis une élue d'extrême droite.

— L'extrême droite aussi, c'est nous. N'est-ce pas la Grèce qui a commencé d'appeler les étrangers des Barbares ? Même si nos deux stars de théâtre, Euripide et Eschyle, ne sont pas spécialement des types de droite. Quant à Aristophane, c'est un super facho.

— Je te trouve sympa, Sophocle. Tu as l'esprit plus ouvert que les crétins français. Je vais accepter ta glace.

— Ne te gêne pas. En plus, le marchand de glaces me fait crédit à un taux intéressant. Il faut dire qu'il ne déclare au fisc qu'un tiers de ses revenus, comme presque tous les Grecs, surtout ceux qui sont dans le tourisme de masse ou le commerce de proximité. C'est parce qu'ils ont beaucoup de cash. Tu ne vas pas payer ta brochette, une chambre chez l'habitant ou la location d'un vélo avec une carte de crédit.

— Du coup, votre État a des recettes insuffisantes, et c'est nous, l'Union européenne, qui devons le renflouer. Elles sont belles vos plages, mais elles sont chères.

Marine avait choisi une glace à la vanille qu'elle dégustait avec une concentration émue, comme tous les gens qui font une entorse à leur régime alimentaire. Elle dit que la glace à la vanille était la preuve que les gens préfèrent les Blancs aux Noirs, car la vanille est noire à la cueillette et blanche dans le cornet.

— Si les glaces à la vanille étaient noires, dit-elle, personne n'en mangerait.

Sophocle donna comme contre-exemple le Coca-Cola : la cocaïne est blanche mais dans le Coca elle devient noire.

— Il n'y a plus de cocaïne dans le Coca-Cola depuis le milieu des années 30, dit Marine.

— C'est ce que prétend la firme.

— Tu ne m'as pas dit que tu cherchais un sujet de pièce ? reprit la députée.

Sophocle, ému par le spectacle de cette belle Française

blonde qui serrait d'une main ferme son cornet à la vanille, tentait de dissimuler une formidable érection dans le sable.

— Oui, un truc familial. Il faut que ça marche. Je n'ai pas envie de devenir un dramaturge raté et d'être du coup obligé de rentrer dans la fonction publique comme prof ou nègre d'un homme politique.

— J'ai une histoire pour toi : la mienne.

— Je t'écoute.

— J'ai tué mon père.

Sophocle fut saisi de stupeur. Comment cette femme, qui nageait bien, parlait fort et venait d'engloutir deux boules à la vanille en quelques vigoureux coups de langue, avait-elle été capable de commettre un crime que ni Eschyle, ni Euripide, ni lui-même n'avaient encore imaginé : une fille tuant son père ? Œdipe avait tué son père, mais il ne savait pas que c'était son père, et ça lui avait fichu un sacré complexe. Médée avait tué ses enfants : c'est moins difficile. Et puis, on peut en refaire ; impossible avec son papa.

— Que t'avait-il fait ?

— Il m'a donné son parti et, après, il a regretté, parce que j'ai mieux réussi que lui. Les parents ne veulent pas que leurs enfants ratent mais ça énerve certains d'entre eux quand ils réussissent. Mon tort est de vouloir être ce que mon père n'est pas arrivé à être : président de la France. Alors, il m'a mis des bâtons dans les roues. Il a dit des conneries sur la Shoah, du coup ça nous aliène tous les Juifs d'extrême droite alors qu'il y en a de plus en plus, surtout avec ce qui se passe en Israël.

— Israël ?

— La Judée.

— Il se passe quoi ?

— Ils ont trop d'Arabes, comme nous.

— Et comment tu l'as tué, ton père ?

— Je l'ai exclu du parti qu'il avait fondé. Il ne s'en est pas remis.

— Il est mort ?

— Pire que ça : il est mort politiquement. Maintenant, il marche tout seul à la fin de nos défilés. Il porte un imper rouge et il chante des chansons bretonnes. Il écoute l'album de Nolwenn en boucle à Montretout.

— C'est un beau sujet.

— Écris une belle pièce et je la ferai jouer à la Comédie-Française, quand je serai présidente, en 2017. Le théâtre changera de nom, on l'appellera la Comédie-Française-d'abord.

LA JALOUSIE DU BARBOUILLEUR

La première femme que Jean Bégaudeau, artiste peintre, perdit à cause de sa jalousie s'appelait Eva. Elle était chauffeur d'autobus sur la ligne 27. Dès qu'il avait un moment de libre, Jean suivait le 27 en automobile. Ou à vélo. Ce n'est pas compliqué de suivre un autobus à bicyclette : il s'arrête tout le temps. Au bout de quelques mois, Eva en eut assez de le voir dans le large rétroviseur du véhicule et devint conductrice de tramway. Impossible de suivre un tramway, que ce soit à vélo ou en automobile : il a le droit de griller les feux rouges, ce qui lui donne un avantage décisif sur ses poursuivants.

Bégaudeau eut ensuite une aventure avec une dame jockey d'obstacle. Philomène. Il allait la regarder courir à Auteuil. Quand elle se trouvait sur son cheval du côté opposé aux tribunes, il avait un inexplicable sentiment d'angoisse : comment Philomène aurait-elle envisagé de le tromper alors qu'elle avait une course à finir ? Comme la conductrice d'autobus, la jockey se lassa et Jean perdit son affection, se retrouvant de nouveau seul dans la vie à cause de sa jalousie maladive.

Il crut qu'avec Sandra, vendeuse de fruits et légumes sur les marchés, il pourrait établir une relation durable à base d'alimentation saine et équilibrée. L'hiver, Sandra était trop couverte pour plaire aux clients, d'autant que ce sont surtout des femmes qui achètent des fruits et des légumes. L'été, elle transpirait trop pour que les hommes succombent à son charme. Le peintre tournait autour de l'étalage, les mains derrière le dos, dans une relative tranquillité d'esprit. Sa présence permanente finit par lasser Sandra, qui le quitta et se fiança avec un peintre en bâtiment : moins d'embrouilles, pensa-t-elle.

Bégaudeau rencontra alors Karine à la piscine de la Butte-aux-Cailles. Elle était tout ce qu'il attendait d'une femme : belle, sportive, intelligente, gentille, modeste. Elle nageait aussi bien que lui : ainsi, dans toutes les mers du monde, ils pourraient nager côte à côte, à la même vitesse. À leur premier rendez-vous en dehors du bassin, elle se laissa embrasser sur la bouche mais fit comprendre à Jean qu'il ne pourrait pas aller plus loin ce jour-là. Il rentra chez lui, confiant. Elle monta dans sa voiture et prit la direction de Saint-Mandé. Dans la villa, l'équipe était déjà au complet. *Désirs anaux* était le neuvième film pornographique dans lequel tournait Karine. Ce serait une journée de tout repos : elle n'avait que trois scènes lesbiennes à tourner. Demain, en revanche : deux sodomies. Puis son rendez-vous avec le peintre.

CHARLOT ET LA MIGRANTE

Ext. jour. Plage de Kos, 7 heures du matin.

D'un canot pneumatique rempli de migrants descend Charlot, avec son parapluie, son chapeau melon et ses chaussures trop grandes pour lui.

Sur le sable, deux jeunes femmes blondes, manifestement des fêtardes venues prendre l'air de la mer après une nuit de folie et avant d'aller se coucher dans leur hôtel cinq étoiles, le regardent.

Charlot sort un cigare de la poche de sa petite veste noire et demande du feu aux jeunes femmes.

Elles rient et lui en donnent.

Il s'assoit entre elles. Elles se lèvent et se dirigent vers leur hôtel. Il se lève à son tour et les suit. Elles se mettent à courir. Il court aussi. Elles entrent dans l'hôtel. Il veut le faire à son tour mais il est stoppé par le veilleur de nuit, gros homme au visage rubicond. Le cigare de Charlot s'est éteint pendant la course et Charlot demande du feu au gardien. L'autre le soulève par le col du veston et le reconduit à la plage.

Charlot se rassoit sur le sable.

Il a l'air triste.

Il regarde son cigare éteint, puis le mange.

Ext. jour. Une route en Macédoine, 5 heures du soir.

Charlot a enlevé sa veste qu'il porte pliée sur son bras. En revanche, il a gardé son chapeau.

Il tient une petite fille syrienne par la main. Elle pleure.

Il se penche vers elle et dit (carton) : « Ne pleure pas, nous allons retrouver tes parents. »

La petite fille le regarde longuement et dit (carton) : « C'est impossible, ils sont morts pendant la traversée. »

Charlot ne sait quoi répondre.

La pluie se met à tomber.

Charlot prend la petite fille syrienne dans ses bras, met la veste sur sa tête et court pour chercher un abri.

La petite fille lui dit dans l'oreille (carton) : « J'ai faim. »

Charlot dit (carton) : « Moi aussi. »

Ext. jour. Gare de Belgrade, midi.

Charlot est assis à même le sol au milieu d'une centaine de migrants. La petite fille, à côté de lui, mange un gros sandwich à la viande grillée que lui a offert une vieille dame serbe compatissante. On sent que ce sandwich fait envie à Charlot mais que, afin de ne pas exciter son appétit, il évite de le regarder. La petite fille lui tend le sandwich. Il fait non de la tête. Elle insiste. Nouveau refus de Charlot. Au moment où on le sent sur le point d'accepter l'offre de l'enfant, celle-ci engloutit le reste de la nourriture d'un solide coup de dents. Charlot sourit et s'allonge pour dormir. La petite fille s'allonge auprès de lui. Elle s'endort, Charlot reste éveillé.

Ext. nuit. Rues de Belgrade.

Charlot marche seul, sans doute pour calmer sa faim. Il s'engage sur le pont Brankov qui enjambe la Save, non loin du Danube. Il voit une jeune femme sur le point de se jeter à l'eau. Il la rattrape *in extremis*. Elle (carton) : « Umrla sam. » Charlot (carton) : « Je ne comprends pas le serbe. » Sous le réverbère, la jeune femme lui montre la photo d'une petite fille, puis la photo de la tombe de la petite fille.

Charlot s'assoit par terre et pleure.

La jeune femme s'assoit par terre aussi mais ne pleure pas.

Le jour se lève sur Belgrade, avec un grand soleil qui monte peu à peu derrière les collines de Dedinje, le Neuilly belgradois.

Ext. jour. Gare de Belgrade.

La petite fille syrienne se réveille et, constatant que Charlot n'est plus auprès d'elle, le cherche des yeux, puis se lève et crie (carton) : « Charlot ! Charlot ! »

Les migrants lui disent de se taire.

Elle court d'un bout à l'autre de la place, affolée.

Soudain, elle aperçoit Charlot qui marche vers elle en compagnie d'une belle jeune femme serbe : la suicidée de la scène précédente.

Une ombre de jalousie sur le visage de la petite fille, mais celle-ci ne résiste pas à l'étreinte chaleureuse de la dame.

Elles pleurent toutes les deux.

Charlot a du mal à masquer son émotion.

Ext. nuit. Subotica, ville serbe à la frontière avec la Hongrie.

Du car confortable mis à la disposition des migrants par l'État serbe descendent Charlot, la jeune Serbe et la petite fille syrienne. Ils s'engagent, avec les autres occupants du car, sur une petite route menant à la frontière hongroise.

Charlot fait des moulinets avec sa canne.

La petite fille syrienne gambade comme toutes les petites filles de son âge quand elles sont contentes.

La Serbe lui dit (carton) : « Ne t'éloigne pas trop. »

Charlot demande à la Serbe (carton) : « Où avez-vous appris l'arabe ? »

La Serbe (carton) : « Comme l'anglais : à l'université. »

Ext. jour. Bord de la route.

La Serbe et la petite fille sont endormies dans les bras l'une de l'autre comme une maman et sa fille.

Charlot, un peu plus loin, ne dort pas.

Il a faim.

Ext. jour. Frontière hongroise.

La Serbe, la petite fille syrienne et Charlot se tiennent par la main, immobiles, devant des fils barbelés derrière lesquels il y a la Hongrie.

SARKOZY À SAINTE-HÉLÈNE

— Ah, Sarkozy, entrez donc.

— Vous avez reçu ma lettre, monsieur l'Empereur ?

— Vous pouvez m'appeler Majesté.

— Je ne peux pas, je suis républicain. C'est récent, mais c'est ainsi.

— Je l'ai été aussi, dans ma jeunesse, républicain. Ça m'a passé. Tout m'a passé. Dessus.

L'ancien président de la République française transpirait à grosses gouttes : le climat de Sainte-Hélène était chaud et humide et le climat de Longwood, à six kilomètres de la capitale de l'île, Jamestown, encore plus chaud et encore plus humide. À leur arrivée à l'hôtel Consulate, Carla avait voulu se baigner. Il n'y avait pas de piscine au Consulate. Le couple annula sa réservation et se présenta à l'hôtel Wellington, qui n'avait pas non plus de piscine. Carla exigea alors de rentrer à Paris, mais le prochain bateau ne partait que dans une semaine. Ils retournèrent au Consulate. Il n'y avait pas de télévision dans les chambres car il n'y en avait pas sur l'île. L'iPhone, bien sûr, ne passait pas. Heureusement, il y avait Internet. La première personne que Carla skypa fut son avocat, qui lui déconseilla de demander le divorce : elle s'en mordrait les doigts, le jour où Nicolas reviendrait au pouvoir. Il ne fallait pas croire les sondages.

— Vous suez, Nicolas.

— Je suis venu à vélo.

— Je vous sers un peu de chambertin?

— Pas d'alcool, merci.

— En Égypte, j'ai failli me convertir à l'islam. Ce qui m'a retenu, c'est l'interdiction de boire du vin.

— Je ne me convertirai pas à l'islam pour un empire.

— Même le mien?

Nicolas se retint de dire à Napoléon qu'il n'avait plus comme empire que cette résidence où on crevait de chaud ou de froid mais dont le taux d'humidité était stable dans l'outrance.

— Voici ce qui m'amène, monsieur l'Empereur.

— Je préfère encore Napoléon.

— Nous avons bientôt une élection présidentielle et j'hésite à me présenter. Que me conseillez-vous, Napoléon?

— Ne vous présentez pas, vous allez être élu.

— Où est le problème?

— Moi aussi, j'ai été élu, en débarquant à Vallauris. Cent jours plus tard, la fête était finie. Pourquoi n'avez-vous pas demandé à votre épouse de vous accompagner?

— Elle n'aime pas le vélo.

— Ici, on manque de femmes. J'en ai marre de

tortorer Albine de Montholon. Elle a quand même trente-cinq ans.

— Et vous cinquante, Napoléon.

— Quarante-neuf. Ne me vieillissez pas, Nicolas, l'Anglais Hudson Lowe suffit à cette tâche.

— Selon vous, je ne dois pas me représenter en 17.

— Je vais vous dire une bonne chose, mon vieux : l'île d'Elbe, c'était vachement sympa. Le climat, une merveille. La Corse moins les coups de feu. Et des Italiennes à profusion. Ce n'est pas à vous, le mari de Carla Bruni, que j'expliquerai le charme inouï des Italiennes.

— J'essaie, Napo, de ne pas mélanger politique et vie privée.

— Napo ? Et pourquoi pas Léon ?

— Excusez-moi, quand les gens me sont sympathiques, je deviens vite familier avec eux.

— Moi aussi, mais moi je suis empereur.

— Vous étiez.

Napoléon ne ressemblait pas à ses portraits : il avait de discrets cheveux châtains et des yeux de ciel gris. Son nez était pointu et son sourire charmant. Aucun peintre n'a jamais su montrer un sourire, sauf Léonard de Vinci, avec la Joconde, mais il paraît que c'était un travesti. Ça doit même être pour ça qu'il sourit. La bonne blague qu'il fera à Léonard quand le tableau sera fini.

— Quelle est votre île d'Elbe à vous, Nicolas ?

— Le cap Nègre. J'y suis resté trois ans et puis, comme vous, j'ai craqué : j'ai débarqué à l'UMP. Quelques maréchaux ont râlé pour la forme mais le gros de la troupe a tout de suite marché avec moi. Là, je sens que je les contrôle bien.

— On croit qu'on tient sa revanche et on se lâche, du coup on glisse, et après on tombe. Je dois vous abandonner maintenant, Nicolas : je vais faire ma petite partie d'échecs avec Montholon. Il me laisse gagner comme il me laisse coucher avec sa femme : il croit que c'est parce qu'il n'a pas d'honneur, mais je sais, moi, que c'est parce qu'il me méprise. Il a raison : je n'ai fait que des conneries.

— La Légion d'honneur ?

— Le nombre de cons et de salauds qui l'ont eue. Vous voulez la liste ? Sous votre présidence, elle s'est allongée.

— L'université ?

— Plus aucun jeune ne veut y aller. Ils préfèrent les grandes écoles ou Pôle emploi.

— Le Conseil d'État ?

— Mouroir pour incapables surdiplômés.

— Le baccalauréat ?

— Ne sert plus à rien, surtout pas à trouver un boulot.

— Vous ne feriez pas une petite déprime, Napoléon ?

— Il n'y a jamais loin de l'aigreur d'estomac à l'aigreur. Je vous raccompagne.

Quand l'Empereur se leva, Nicolas Sarkozy constata qu'ils avaient à peu près la même taille, celle de Christian Clavier qui avait joué Napoléon dans un téléfilm de TF1, à l'époque où Sarkozy était président. Nicolas se jugeait en bien meilleure forme physique que le vaincu de Waterloo, malgré les dix ans qu'il avait de plus que lui. Ça l'aiderait à tenir plus longtemps que cent jours. Napoléon lui serra la main et dit d'une voix mouillée, presque molle :

— Revenez avec votre dame, Nicolas. J'ai hâte de la connaître.

Je vais plutôt téléphoner à Bygmalion pour qu'ils m'envoient un hydravion, pensa l'ancien président de la République française.

TROPISME DU CANCER

Ludovic sortait du métro à la station Villejuif-Louis-Aragon, sur l'avenue Louis-Aragon. Il s'engageait dans l'avenue de Stalingrad, qui prolonge le boulevard Maxime-Gorki. Il tournait à droite dans l'avenue Karl-Marx. L'appartement de Sylvie se trouvait derrière le stade Karl-Marx. À Villejuif, le mur de Berlin n'est toujours pas tombé. Sa maîtresse était professeur d'allemand. Ils faisaient l'amour tous les mercredis après-midi. Ce jour-là, il décida de remonter à pied jusqu'à la station Léo-Lagrange. En passant devant l'hôpital Paul-Brousse, il se trouva nez à nez avec Gilles Verneuil, un ostéopathe mondain proche de son épouse Astrid : tous deux jouaient ensemble au tennis sur les courts du jardin du Luxembourg.

— Que fais-tu à Villejuif ? demanda l'ostéopathe à Ludovic.

— Et toi ?

— J'habite avenue Salvador-Allende.

— Tu vis ici ?

— Huit cents mètres carrés, en rez-de-jardin.

— Je comprends.

— Tu n'as pas répondu à ma question.

Sans s'en rendre compte, Ludovic avait glissé vers l'hôpital un regard mélancolique.

— Je suis désolé, dit Verneuil.

Désolé de quoi ? se demanda Ludovic. Il comprit : l'autre pensait qu'il avait un cancer, d'où sa présence à Villejuif. Il ne le nia pas, ce qui revenait à le confirmer. Le soir même, son épouse le prit à part dans leur appartement de l'avenue Rapp : comment avait-il pu lui cacher une chose pareille ? Il baissa la tête, sans répondre. Elle le prit dans ses bras. Ils pleurèrent, surtout elle.

Dès lors, Ludovic ne fut plus obligé de cacher à ses proches ses allers-retours Paris-Villejuif. Il lui arrivait de bénir l'ostéopathe, grâce auquel il n'avait plus à mentir à sa femme. Bien qu'il lui mentît encore plus qu'avant : elle le croyait malade et il ne l'était pas. Il put en outre multiplier ses visites rue Gagarine. Est-ce cela qui provoqua une certaine lassitude chez Sylvie ? Les femmes germanistes sont encore plus compliquées que les femmes allemandes. Sylvie le quitta après six mois de liaison. Il ne lui demanda pas pourquoi. Il savait qu'elle lui donnerait de fausses raisons ou des raisons vraies qu'il ne comprendrait pas. Il se rendit compte, dans le métro, qu'il l'avait aimée plus qu'il ne l'avait cru et que son chagrin de l'avoir perdue ne s'arrêterait jamais. Le front bas et les épaules tombantes, il rentra avenue Rapp et annonça à son épouse qu'il n'irait plus à Villejuif car il était guéri. Elle le prit dans ses bras. Ils pleurèrent, surtout lui.

ENTERREMENT
DE VIE DE GARCE

Ils avaient rompu depuis trois mois et demi – cent deux jours, il les avait comptés – quand elle se présenta à son domicile, un matin de juillet, nue sous son vieil imperméable Burberry. Son vieil imperméable Burberry à lui. Elle le lui avait emprunté au début de leur liaison et ne le lui avait jamais rendu. Il se dit que c'était peut-être pour aujourd'hui.

— Tu es venue me rendre mon imper ? demanda-t-il, car elle l'avait enlevé.

— Non.

Nue, elle se mit à genoux, le débraguetta et prit son sexe dans sa bouche. C'était un de leurs petits rites amoureux, naguère : elle le suçait dans le couloir chaque fois qu'ils se rendaient à une soirée. Ils ne le faisaient qu'après avoir commandé un taxi par téléphone : c'était un élément de la cérémonie. Quand il ne jouissait pas assez vite, ça leur coûtait une fortune. Du coup, elle s'appliquait et il se concentrait. À présent, quand il passe dans ce couloir, il se revoit debout, la braguette ouverte, les bras ballants, et il la revoit à genoux en robe du soir décolletée, s'acharnant sur son sexe afin que la prise en charge du taxi ne dépasse pas les quinze ou vingt euros. Elle recrachait son sperme dans un petit mouchoir blanc brodé, le même à chaque fois, qu'elle repliait avec soin et glissait à l'intérieur de sa minaudière Bottega Veneta. Au cours de la soirée, il s'amusait à la surprendre, alors qu'elle bavardait avec un énarque ou un artiste contemporain, en train d'ouvrir et de refermer la minaudière, non sans avoir jeté un coup d'œil sur le mouchoir. Qu'aurait-elle pu y regarder d'autre?

Elle sortit le pénis de sa bouche et, continuant de branler son ex-amant, demanda :

— Si tu éjacules maintenant, tu pourras rebander?

— Je ne sais pas. Pourquoi?

— Parce que j'ai l'intention de te baiser jusqu'à midi.

— Pourquoi?

Lui et ses pourquoi. Il ne l'avait pas volée, son agrég de philo. Tout ça pour finir dans la pub.

— Parce qu'il n'y a rien que j'aie autant aimé sur terre que te baiser.

— Pourquoi m'as-tu quitté?

— J'en avais marre de tes pourquoi.

Elle le reprit dans sa bouche et, tandis qu'elle lui enfonçait dans l'anus l'annulaire de la main gauche jusqu'à la bague de fiançailles, il éjacula. Il se demanda si elle avait recraché le sperme dans ce petit mouchoir dont il avait remarqué que, comme l'imper Burberry, il avait disparu de ses affaires. Il fut surpris de constater qu'elle avait tout avalé. Il lui demanda pourquoi. Elle soupira, mais dit quand même :

— Pas pris de petit déj.

Elle se releva. Elle était presque aussi grande que lui. Elle colla sa bouche contre la sienne en lui saisissant le sexe. Il rebanda aussitôt.

— Quelle santé, murmura-t-elle.

De sa main libre, elle lui pinça le téton gauche, puis le téton droit.

— Tu es toujours plus sensible du gauche?

— Oui.

Elle s'était remise à le branler.

— Je n'ai pas fait l'amour depuis trois mois et demi, expliqua-t-il.

— Il s'est passé quoi, il y a trois mois et demi?

— Tu m'as quitté.

— Sentimental. On va dans la chambre?

— Je dois être à l'agence avant dix heures.

— Oublie l'agence.

— C'est elle qui me fait vivre.

— Oublie la vie.

Elle l'entraîna, le tenant par le pénis, dans cette chambre qui semblait encore pleine de ses cris d'amour à lui et de ses hurlements d'extase à elle. Ils étaient restés ensemble un an et il avait calculé qu'ils avaient fait l'amour un peu plus d'un millier de fois, la plupart du temps dans cette pièce. Elle grimpa sur le lit et lui dit de l'enculer tout de suite. Elle n'avait jamais été trop préliminaires mais c'était rare qu'elle demande la sodomie en premier. Il la pénétra en douceur après lui avoir bien humecté l'anus. Il avait toujours été bon dans l'enculade et il disait aux filles que c'était peut-être grâce à la philosophie, mais elles croyaient que, non content de les avoir enculées, il se foutait de leur gueule par-dessus le marché, alors qu'il était sincère. Il était toujours sincère. C'était aussi de ça, en dehors de ses sempiternels pourquoi, qu'elle lui en voulait : sa sincérité.

— Il ne t'encule pas, ton nouveau mec ? demanda-t-il.

— Non, il trouve ça dégradant.

— Pour toi ?

— Non, pour lui.

— Quitte-le.

— Il n'y a pas que le cul dans la vie. Plus fort. Démonte-moi bien, chéri.

Il éjacula. Il se dit qu'elle avait privilégié la sodomie parce qu'elle ne voulait pas tomber enceinte de lui puisqu'elle était fiancée avec un autre. Elle lui demanda de la sucer.

— Tu n'as pas assez joui ?

— Je n'ai pas joui du tout. C'est toi qui as joui, salaud.

— Tu ne préfères pas que je te baise ?

— Le temps que tu rebandes, ça sera trop long. Je suis excitée à donf.

Elle écarta les cuisses et il y fourra la tête en sortant bien la langue, avec cette impression d'être un ours enfonçant le museau dans un pot de miel. Elle jouit presque tout de suite. Ça le fit rebander, alors elle lui demanda de lui remonter dessus.

— Tu n'as pas peur d'être enceinte ?

— Je le suis déjà.

— De qui ?

— De mon nouveau mec : le con.

— Tu vas garder l'enfant?

— Oui. Il est hyper catho. Ça doit venir de là, son problème avec la sodomie.

— Vous allez vous marier?

— Oui, à midi. Il est quelle heure?

UN TUNNEL POUR LA CHINE

J'avais cinq ans et je ne laisserai personne dire que ce n'est pas le plus bel âge de la vie. Selon Freud : le moment où l'intelligence rayonne chez l'enfant. Catherine Millot rapporte, dans *La Vie avec Lacan* (Gallimard, coll. L'Infini, 2016), que le psychanalyste, lors d'un déjeuner, avait dit à sa voisine de table qu'il avait un secret et que ce secret était qu'il avait cinq ans. Beaucoup de queues dans cette phrase, aurait-il dit en me lisant. J'avais cinq ans et c'étaient les vacances.

Mon père était grand, gros et brun. Ma mère était grande, mince et blonde. C'était une fausse blonde, comme la plupart des femmes de cette époque, à l'instar des actrices Brigitte Bardot, Mireille Darc, Catherine Deneuve, Martine Carol ou Marilyn Monroe. Aurais-je eu une autre vie amoureuse si ma mère – Mira, mot qui signifie paix en serbo-croate (comme en russe) – était restée brune ? J'ai épousé, en 1987 et en 1994, deux blondes : aurais-je épousé deux brunes si maman n'était pas, bien avant ma naissance, devenue blonde ? Mon penchant pour les femmes africaines, asiatiques et

arabes, tel qu'il est exposé dans plusieurs de mes romans
– *Mais le fleuve tuera l'homme blanc* (Fayard, 2009), *Come
baby* (Mille et une nuits, 2011), *Ne mets pas de glace sur
un cœur vide* (Plon, 2016) –, aurait-il été plus ou moins
grand si ma mère n'avait pas caché – ne m'avait pas
caché – qu'elle était brune? Je ne peux plus poser la
question à Lacan car il est mort le 9 septembre 1981. Ni
à ma mère, décédée le 1er novembre 2005.

Dans le Guide Vert Michelin de la Bretagne (édition de
1986, ce qui indique que je ne suis guère retourné dans
cette région depuis trente ans), les environs de Plestin-
les-Grèves sont appelés la Ceinture dorée, ou la Côte des
Bruyères. Il y avait, à la fin du XVIe siècle, 3447 habitants à
Plestin-les-Grèves. L'église du XVIe siècle a été incendiée
en 1944 et reconstruite. Je ne me souviens pas que nous
y soyons entrés une seule fois. Je ne faisais pas encore
mon catéchisme, et maman, grande fumeuse, rejetait la
fumée par les narines quand on lui parlait des chrétiens,
tel le dragon terrassé par saint Efflam, ermite irlandais
débarqué à Pors Mellec en 470 et qu'une statue, dans
l'église de Plestin, représente en train d'accomplir cette
brillante opération militaire. Catholiques, mes parents
n'allaient pas à la messe car ils étaient, m'expliquaient-ils
à ma grande terreur, en état de péché mortel : papa
vivant depuis cinq ans avec une dame qui n'était pas son
épouse et maman habitant avec un homme marié dont
elle avait eu, par surcroît, un fils du même âge : moi.

Mes seuls souvenirs de Plestin sont des souvenirs
de plage. Je fus très tôt obsédé par l'amour et ce qui
me paraissait, à cinq ans et peut-être même avant,

son illustration parfaite : embrasser une jolie fille sur une plage. Donc, à cinq ans, une jolie petite fille. En août 1961, il y en avait une. J'ai oublié son prénom. On va l'appeler Dominique. Ou Claude. Ou Anne, qui, comme les deux précédents, est un prénom mixte.

À Plestin, mes parents louaient deux chambres dans ce qui me paraissait être un château médiéval mais qui ne l'était sans doute pas car alors il serait indiqué dans le Michelin. Nous montions, avec mon demi-frère Noël – le fils que maman avait eu avec un Serbe ayant émigré à Buenos Aires peu avant la naissance de l'enfant en 1948 –, dans la Dauphine rouge de papa. À moins qu'il eût déjà sa 403 blanche ? La plage se trouve à un kilomètre de la ville, celle-ci ayant été construite en retrait par crainte des pirates. Nous nous garions devant un escalier qui descendait vers la mer et que, chaque soir, papa avait bien du mal à remonter, du fait de sa forte corpulence et de sa faiblesse cardiaque. C'est sur la plage de Plestin qu'un jour de mauvais temps j'ai rencontré Dominique. Ou Claude. Ou Anne.

Le gris breton de mon enfance. J'ai eu du mal, adulte, à ne pas emporter un pull ou un K-way sur les plages de Grèce ou de la Côte d'Azur. Ils étaient restés, dans mon esprit, les compagnons indispensables d'un après-midi au bord de la mer.

Je la remarque tout de suite, elle, mon premier amour. Pour la commodité du récit, on l'appellera Anne. Short noir, chemisette rouge. Cheveux bruns bouclés. Petit visage rond. Lèvres rouges qu'il me faut, je le sais dès que je vois Anne, embrasser de toute urgence. Je m'approche d'elle sans précaution, sans hésitation, sans timidité. On ne se dit pas nos prénoms. Les enfants ne se présentent pas. Ils se regardent, se reniflent et parfois se frottent l'un contre l'autre, comme des chats quand ils ne sont pas fâchés. Anne a une pelle et un seau, moi aussi. Mon père m'a dit que si on creuse longtemps dans le sable, on se retrouve en Chine, car la Terre est ronde. Me retrouver en Chine avec cette sublime petite fille ? Je commence à creuser.

— Qu'est-ce que tu fais ? demande Anne.

— Je creuse pour qu'on aille en Chine.

— Qu'est-ce que c'est la Chine ?

Elle est plus jeune que moi : elle ne sait pas ce qu'est la Chine et donc où elle est. Quatre ans ? Trois ans et demi ? Ça n'enlève rien à son charme qui, cinquante-cinq ans plus tard, est toujours représenté dans mon esprit par son short noir et sa chemisette rouge. Ou un short rouge et une chemisette noire ? Soudain, j'ai un doute. Du reste, cette histoire tourne autour d'un doute. Qui ne m'a pas quitté depuis ?

— La Chine, dis-je doctement, est le plus grand pays du monde avec l'URSS.

— Qu'est-ce qu'on fera en Chine ?

— On se promènera.

— On y sera dans combien de temps ?

— Il faut creuser.

— Il faut creuser longtemps ?

— Je ne sais pas.

Je n'aime pas dire que je ne sais pas car j'ai l'impression que j'en sais déjà beaucoup. Par exemple, je sais

lire. J'ai appris sur les genoux de mon père, dans son
France-Soir. Le premier mot que j'ai réussi à déchiffrer,
il y a quelques semaines : Ga-ga-ri-ne. J'ai retrouvé sur
Internet la une du 13 avril 1961. Titre : *Officiel : ce Russe
a tourné (une fois en 1 h, 29 min, 6 s) autour de la Terre.*

— Tu creuses et je vais me baigner, dit Anne.

— Je me baigne avec toi, je creuserai après.

Le ciel s'assombrit. En Bretagne, on se baigne pour
échapper à la pluie. Quand on est dans l'eau, elle ne
doit pas mouiller plus. Anne et moi laissons nos pelles
et nos seaux près de notre trou. Anne enlève sa chemisette. Elle n'a pas de poitrine mais c'est normal : à
quatre ans, les seins n'ont pas encore poussé. Ça aussi, je
le sais. Je sais plein de trucs. Soudain, il y a une grande
personne à côté de nous. C'est une femme et elle prend
la main de ma future fiancée : ça doit être sa mère. Elle
me demande comment je m'appelle. Avec les grandes
personnes, il faut tout de suite dire comment on s'appelle.

— Patrick.

— Tu es d'ici ?

— Non, on habite Paris. Enfin, Montreuil.

C'est la phrase que disent toujours mes parents
quand on rencontre des gens : on habite Paris, enfin,
Montreuil. Alors, je fais pareil.

— Nous, on est de Rennes.

J'entends : reine. Ces gens seraient-ils des altesses
royales ? Je me demande de quel pays. La Chine ? Anne
court vers l'eau mais j'entends mon père qui m'appelle.
J'ai compris : la digestion. Je retourne, tête basse, vers

le trou. C'est moins drôle de creuser tout seul. Anne barbote dans l'eau avec Sa Majesté la reine. La petite fille ne sait pas nager ; moi non plus. Ni papa. Dans notre famille, seuls maman et Noël, les Yougos, nagent comme des poissons qu'ils sont, ayant remonté jusqu'à Paris – enfin, Montreuil – les courants de la Save et du Danube, les deux grands fleuves de leur pays.

Après le bain, il faut s'essuyer avec une serviette. De cela aussi, en Grèce et sur la Côte d'Azur, je devrais prendre l'habitude, accepter de laisser le soleil s'affairer sur ma peau adulte mouillée. Cela retarde encore le retour d'Anne. Mais bientôt, enveloppée dans une serviette blanche comme une princesse égyptienne, elle se dépêche de me rejoindre à petits pas impatients et je comprends qu'elle aussi elle m'aime. Je me redresse et l'embrasse sur la bouche. « *Votre fruit préféré ? La bouche.* » (Mallarmé, réponse au questionnaire de Proust). J'entends crier de nouveau :

— Patrick !

C'est la voix de maman, qui roule les *r* : Patrrrick. Mira s'est levée de sa chaise pliante et court vers moi. Je vois, derrière Anne, papa qui parle à la mère d'Anne. Il rit et elle aussi, mais moins. Anne regarde notre trou et je pense, comme elle sans doute, que si on nous interrompt sans arrêt dans notre travail, nous ne sommes pas près d'arriver en Chine. Maman m'entraîne à l'écart et s'accroupit pour être à ma hauteur. C'est une sportive : en Croatie, elle était championne de gymnastique. Si seulement elle n'avait pas tous ces problèmes de dos.

— Je dois te dire quelque chose, Patrick.

— Je n'ai pas le temps, il faut que je creuse mon tunnel pour la Chine.

— Écoute-moi.

— Je ne me suis pas baigné. J'attends la fin de la digestion, comme papa m'a dit.

— Cette petite fille...

— Je suis amoureux d'elle, maman. Je veux l'épouser. On ira en Chine ensemble.

— Patrick, cette petite fille...

— Quoi?

— Ce n'est pas une petite fille.

— Si, elle est petite. Elle est plus petite que moi.

— Elle est petite, mais ce n'est pas une fille. C'est un garçon. Un petit garçon.

— Comme moi?

— Oui. Comme toi. Un petit garçon comme toi.

Incrédule, je tourne la tête vers Anne qui, frissonnant dans sa serviette blanche, ses cheveux bouclés en désordre, des grains de sable collés sur ses pieds mouillés, regarde le début de ce tunnel qui ne nous amènera jamais en Chine.

Composition PCA/CMB.
Achevé d'imprimer
sur Roto-Page
par l'Imprimerie Floch
à Mayenne, le 20 mars 2017.
Dépôt légal : mars 2017.
Numéro d'imprimeur : 90893.
ISBN 978-2-07-271337-8 / Imprimé en France.

312385